눈부신 하루를 시작하는
108 필사 명상

눈부신 하루를 시작하는 108 필사 명상

글 법상 · 그림 용정운

조계종
출판사

서문

요즘 필사가 유행이라는데, 사실 오래전부터 부처님 말씀은 사경이란 이름으로 경전 전체를 필사하여 전해지곤 했습니다. 특히 지혜의 말씀을 필사하는 것은 그 뜻을 깊이 사유하고 가르침이 체화되도록 하는 중요한 수행입니다. 그런 의미에서 경전을 필사할 때는 '일자일배', '일자삼배'라고 하여 한 자를 쓰고 한 번이나 세 번 절을 하기도 합니다. 그만큼 경전 필사는 불교에서 중요한 하나의 수행입니다.

그냥 읽기만 하면 우리의 뇌는 그것을 있는 그대로 흡수하지 못하고 자기 분별의식의 필터로 걸러서 왜곡해 받아들이게 됩니다. 그러나 한 자 한 자 꾹꾹 눌러 필사하다 보면 있는 그대로의 가르침을 자기 생각으로 거름 없이 흡수할 수 있습니다. 뜻은 깊어지고, 분별의 필터를 뚫고 들어가 심연의 지혜에 닿게 되는 것이지요.

《365일 눈부신 하루를 시작하는 한마디》에 쓰였던 원고 가운데 108개를 뽑아 이렇게 다시 필사 명상집으로 출간하게 되어 기쁩니다. 특히 심연(용정운) 작가의 일러스트는 한 번 보고 넘기기 아까웠는데 이렇게 다시 만날 수 있어서 반갑습니다.

이 책을 읽고 필사하는 분들이 다만 한 구절에서라도 삶을 변화시키고, 괴로움에서 벗어나는 일기일회(一期一會)의 시절인연이 될 수 있기를 바라봅니다.

상주 대원정사에서

법상 합장

차례

1장 오늘도 고맙습니다

2장 사람들에게 듣습니다

3장 세상을 바라봅니다

4장 오롯이 기도합니다

1장

오늘도 고맙습니다

날마다 좋은 날

삶에서 일어나는 모든 일들에 대해 우리는 일일이 좋으니 나쁘니 하고 분별한다. 그러나 냉철하게 바라본다면 그것이 나에게 정말 좋은 일인지 나쁜 일인지 우리는 알 수 없다. 그때는 괴롭다고 생각했던 일들이 지나고 나서 나를 성장시키고 도운 사례가 얼마나 많은가. 삶에 대한 판단은 내 영역이 아니라, 저 너머의 영역인 것이다.

이 모든 일은 한바탕 꿈과 같은 것이기에 굳이 좋거나 나쁘다고 해석할 이유가 없다. 다만 중립적인 일들이 '나를 돕기 위해(자비)', '나를 깨닫게 하기 위해(지혜)' 나타날 뿐이다. 그리하여 삶은 지혜와 자비의 목적으로 우리 앞에 나타난다. 그러니 삶은 그 자체로, 무조건적으로 좋은 것이다. 좋거나 나쁜 것이 아니라 '좋거나', '더 좋은 일'밖에 없다. 삶이라는 아름다운 음률을 타고 연주해보라. 삶이란 얼마나 놀라운가?

이야기 명상 10

삶에는 괴로운 일도 없고, 즐거운 일도 없다.
다만 중립적인 어떤 일들이 우리를 돕기 위해,
정신의 지평을 넓혀주기 위해 왔다가 갈 뿐이다.
그러니 삶은 근원에서 보면 그 자체로,
무조건적으로 좋은 것이다.

삶에는 괴로운 일도

* 눈부신 하루를 시작하는 나의 다짐 *

진언

매 순간 호흡 속에 '감사'와 '사랑'을 담아보라. 진심으로 '감사합니다'라는 마음을 가질 때 더 큰 감사할 일이 생겨나며, '사랑합니다'라고 소리 내어 말할 때 더 많은 자비와 사랑이 피어난다. 감사하다는 것은 지금 이 순간 주어진 것에 대해 만족을 넘어 감사함을 느끼는 것이고, 사랑한다는 것은 이 우주를 나와 구분하지 않고 동체적인 존재로 바라보며 자비를 나누는 것이다. 감사와 사랑은 놀라운 지혜의 덕목들을 한마디 말 위에 드러나게 하는 강력한 진언(眞言)이다.

숨을 들이쉬면서 '감사', 숨을 내쉬면서 '사랑', 나아가 내 삶 위로 나타나는 모든 경계, 사람, 일들을 모두 감사하게 받아들이고, 내게서 나가는 모든 생각, 감정, 행동, 말들이 전부 사랑으로 퍼져나갈 수 있도록 하라. 들어오는 모든 것에 '감사'를, 나가는 모든 것에 '사랑'을 담으라.

숨을 들이쉬며 '감사합니다'라고 외치라.

숨을 내쉬며 '사랑합니다'라고 말하라.

감사와 사랑의 깊은 호흡으로 깨어나라.

들숨에 감사, 날숨에 사랑.

숨을 들이쉬며

* 눈부신 하루를 시작하는 나의 다짐 *

맘껏 꿈꾸라

온갖 괴로움과 시련이 닥치더라도 본질의 입장에서 보면 모두 꿈이요, 환영과 같다. 근원에서는 언제나 아무 일도 없다. 그러니 꿈같은 이 삶의 무대 위에서 연극의 주인공이 되어 한바탕 인생을 즐기고 누리며 만끽하면 된다. 크고 작은 괴로움에 마음이 걸려 매번 넘어지기를 반복할 것이 아니라 그것들이 모두 실체 없는 연극의 각본임을 알아차리고 한바탕 걸림 없이 살다 갈 수 있어야 한다.

매 순간, 나에게 주어진 삶의 연극을 열정적으로 누리며 삶을 꽃피우라. 실패해도 좋다. 어차피 어떤 일이 일어나는 것처럼 보일 뿐 사실은 아무것도 바뀌는 건 없다. 어차피 꿈이라면 마음껏 자유롭게 열정을 꽃피우는데 무슨 두려움이 있겠는가? 실패에 대한 두려움 없이, 주어진 삶을 열정적으로 꽃피워보라. 못할 것 없잖은가? 꿈속이니.

본연의 자리에서는 언제나 아무 일도 없다.

존재도, 존재가 벌이는 일도 한바탕 꿈처럼 텅 빈 환상일 뿐!

걸림 없이 마음껏 꿈꾸라. 열정적으로 삶을 꽃피우라.

실패해도 좋다. 꿈이기에.

본연의 자리에서는

* 눈부신 하루를 시작하는 나의 다짐 *

맑은 가난

내면의 결핍과 불만족, 가난 등을 해결하기 위해 우리는 끊임없이 돈을 벌어야 한다고 생각한다. 그러나 돈이 많다고 해서 결핍감이 사라지지는 않는다. 사라지지 않는 정도가 아니라 오히려 많이 소유하면 소유할수록, 더 높은 자리에 올라가면 올라갈수록 결핍감은 더욱더 강렬해진다. 욕망은 채우는 것으로 해결되지 않는다. 더 많이 소유할수록 더욱 더 많은 것을 원할 뿐이다.

돈이 부족하다고 해서 불행한 것은 아니다. 돈이 부족한 상황에 대해 호의적으로 수용하라. 어떤 이들은 스스로 맑은 가난을 선택하기도 한다. 돈이 없을 때 그 속에서 깨닫게 되는 수많은 덕목이 있다. 그것을 배우라. 부족한 것에 대한 스트레스에 사로잡히지 않을 때 오히려 돈에서 놓여나 자유롭게 되고, 더불어 풍요로움 또한 더 쉽게 깃들 것이다.

가난은 내면의 결핍이지 소유의 부족이 아니다.
만족 또한 마음의 문제이지 돈의 문제가 아니다.
내면의 문제를 해결하기 위해 돈을 끌어들이지 마라.
불만족과 결핍감만 없으면 본래의 풍요로움이 드러난다.

가난은 내면의

* 눈부신 하루를 시작하는 나의 다짐 *

제행무상

제행무상(諸行無常), 삶은 한순간도 멈추지 않고 흐른다. 그 변화의 흐름을 막아서서 붙잡으려고 애쓸 때 삶은 일체개고(一切皆苦)가 되지만, 삶을 흐르게 두면 열반적정(涅槃寂靜)이 드러난다. 세상 모든 것이 변하는데 사람들은 변화를 두려워한다. 무언가 안정적이고 확정적이며 변치 않는 든든한 안식처를 찾는다. 그러나 그런 것은 없다.

물론 세상 너머에 또 다른 가능성은 있다. 끊임없이 변화하는 것이 아닌, 오고 가는 것이 아닌, 언제나 한결같아 일어나지도 사라지지도 않는 불생불멸의 바탕을 확인하는 것이다. 그것은 인식될 수 있는 것도 아니고, 알 수 있는 것도 아니다. 인식과 세상의 너머, 분별심 너머에서 다만 하나로 계합될 뿐이다. 그것이 바로 우리의 참된 마음자리이며 살림살이다. 바로 지금 '이것'이다. 이것이 무엇일까? '이뭣고?'

제행무상, 삶은 끊임없는 변화의 연속이다.

변화하는 모든 것을 그저 변화하도록 내버려두라.

변화하지 못하게 붙잡아두며 멈춰 세우려 하지 마라.

모든 것이 변화하는 그 배경에, 변치 않는 '이것'을 찾으라.

제행무상, 삶은

* 눈부신 하루를 시작하는 나의 다짐 *

하심(下心)

자존감이 낮은 사람일수록 오히려 남들 앞에서 자신을 드러내려고 애쓴다. 타인에게는 좋게 보이고 싶은 것이다. 그러나 자기를 높이려고 애쓸수록 오히려 자신이 낮고 보잘것없다는 마음이 연습된다. 자기를 높이려 애쓴다는 것은 곧 자신이 낮다는 마음을 우주로 쏘아 올리고 있는 것이기 때문이다. 그리하여 이 우주는 그가 연습한 바대로 그를 더욱 더 낮추게 만들 것이다. 반면에 자기를 낮추고 겸손한 사람일수록 상대방을 높이기 때문에 존중하는 마음을 연습한다. 그러면 이 우주도 그가 연습한 대로 존중받을 수밖에 없는 현실을 창조해낸다.
스스로를 높이면 오히려 자신이 낮아지지만, 스스로를 낮추면 우주가 그를 떠받들어 드높인다. 남편을, 아내를 존중하라. 부하 직원 앞에서 겸손하라. 꽃 한 송이 함부로 꺾지 마라. 우주가 그를 드높일 것이다.

스스로를 내세우면 내가 한없이 낮아지지만,

스스로를 낮추면 우주가 나를 드높인다.

나를 낮춰 하심할 때 상대를 존중하게 되고,

존중할 때 우주로부터 존중받는 현실이 창조된다.

스스로를 내세우면

* 눈부신 하루를 시작하는 나의 다짐 *

다만 존재하라

우리 모두는 지금 이 모습 그대로 언제나 완전하다. 하나도 부족한 것이 없다. 완전해지려고 노력할 아무런 이유가 없다. 깨달음을 얻어야 한다고? 아니다. 얻을 것은 아무것도 없다. 우리는 '이미' 깨달아 있다. 진리는 언제나 완전하게 드러나 있다. 이렇게 말하고 생각하고 행동하면서, 보고 듣고 맛보면서 언제나 진리를 쓰고 있지 않은가! 다만 불완전하다고 느끼는 분별심과 망상이 있는 그대로의 진실을 가리고 있을 뿐이다.

우리가 해야 할 일은 지금까지 해오던 분별과 망상을 그만두는 것뿐이다. 허망한 짓을 그저 하지 않는 것일 뿐, 따로 더 해야 할 것은 없다. 무언가를 바라지도 말고, 어딘가로 가려고 애쓰지도 마라. 그 무엇도 취하거나 버리지 마라. 모든 추구와 갈구를 멈추고, 그저 완전한 이대로 다만 존재하라. 이렇게 온전하게 있지 않은가. 그 모든 것이.

우리 모두는 지금 이대로 완전하다. 이미 깨달아 있다.

더 이상 바랄 것도 없고, 가야 할 곳도 없다.

취하거나 버릴 것 없이 그저 있는 그대로 이렇게 있으라.

모든 추구를 멈추고, 지금 이대로 존재하라. 이것이 그것이니.

우리 모두는 지금

* 눈부신 하루를 시작하는 나의 다짐 *

극단

과도하게 좋아해서 집착하거나 사로잡혀 있는 것 중에는 어떤 것이 있는가? 중독되어 있는 것은 없는가? 물건을 살 때도 거기에 한번 꽂히면 반드시 사야 직성이 풀리지는 않은가? 혹은 '반드시' 이렇게 되어야만 한다거나, '절대로' 저것은 안 된다고 생각하는 것은 없는가? 만약 그렇다면 당신은 분별심에 사로잡혀 좋아하는 것에 과도하게 집착하는 한쪽의 극단에 묶여 있는 것이다.

극단적으로 좋아하거나 집착하거나 편견에 사로잡히게 되면 자신을 괴로움으로 몰고 간다. 심지어 타인들까지 괴롭히기 쉽다. '반드시' 해야 할 어떤 것도, '절대로' 해서는 안 될 어떤 것도 품지 마라. 그런 것은 없다. 세상일은 언제나 그렇게 될 수도 있고, 되지 않을 수도 있다. 극단적으로 하거나 하지 말아야 할 무엇도 가지지 마라.

'반드시' 해야 할 어떤 것도 없고,
'절대로' 해서는 안 될 어떤 것도 없다.
극단적으로 하거나 하지 말아야 할 무엇도 가지지 마라.
집착, 고집, 편견은 도리어 자신을 구속시킨다.

'반드시' 해야 할

* 눈부신 하루를 시작하는 나의 다짐 *

화

화가 날 만한 상황이 되면 마음속에 화가 일어난다. 이건 아무런 문제가 아니다. 지극히 자연스런 상황이다. 화가 많이 난다고 스스로 자책할 필요는 없다. 화가 나는 순간은 마음공부를 할 수 있는 아주 좋은 상황이다. 화나는 대로 욕설을 퍼부을 필요는 없다. 억지로 참을 것도 없다. 밖으로 화를 내면 상대가 다치고, 안으로 꾹꾹 누르면 내가 다친다. 그 누구도 피해를 입지 않는 방법이 있다. 화가 나면 그 화가 어디서부터 올라와 어떻게 커지고, 얼마나 지속되다가 어떻게 사라져가는지 다만 바라보는 것이다. 화를 통제하려고 애쓰거나, 없애려고 하거나, 혹은 화를 폭발할 것도 없다. 그저 화를 상대로 아무것도 하지 마라. 다만 바라보기만 하라. 화를 지켜볼 수 있다면, 화는 나를 일깨우는 성스러운 공부 재료가 된다. 화를 통해 성장할 수 있다.

화를 탓하지 마라. 화를 대상으로 무언가 하려 하지 마라.
화는 참으면 내가 다치고, 폭발하면 상대가 다친다.
다만 화가 어떻게 생기고 커져 나를 뒤덮다가
어떻게 사라져가는지 전 과정을 지켜보기만 하라.

화를 탓하지 마라.

* 눈부신 하루를 시작하는 나의 다짐 *

현실은 꿈

나와 세상은 본래 없다. '나'라고 여기는 것과 '세상'이라고 여기는 것은 단지 내 안에서 일으킨 하나의 개념일 뿐이다. 외부에 독자적인 세계가 따로 있는 것 같지만 사실은 마음이 만들어낸 환상일 뿐이다. 삼계유심 만법유식(三界唯心 萬法唯識)이 그것이다. 그러니 외부의 세계를 바꾸고 싶다면 방법은 간단하다. 바로 내 마음을 바꾸면 된다. 외부에 바꾸어야 할 세계가 따로 있지 않기 때문이다.

마음이 바뀌면 세계도 변한다. 궁핍한 마음은 가난한 현실을 만들어낼 것이고, 자비로운 마음은 사랑 가득한 이들을 내 삶으로 끌어올 것이다. 겉으로 보기에는 견고한 물질세계인 것 같아도, 사실 이 모든 것은 내가 꾸는 하나의 거대한 꿈일 뿐이다. 내 마음이 변화를 시작하면 견고할 것 같던 이 우주도 내 뜻에 따라 저절로 변화를 시작할 것이다.

이 우주는 내가 꾸는 하나의 거대한 꿈이다.

견고해서 절대 바꿀 수 없는 내 바깥의 독자적인 세계가 아니다.

내가 보는 세상은 내게 보이는 세상일 뿐이다.

마음이 곧 우주다.

마음 하나 바꿀 때 우주가 끌려온다.

이 우주는 내가

* 눈부신 하루를 시작하는 나의 다짐 *

지켜봄

삶의 불확실성과 불안정성을 있는 그대로 수용하고 인정하라. 불안하고 불안정하며 삶의 곳곳에 내재된 위험과 혼돈 덕분에 삶이 아름답게 빛나는 것이다. 온갖 혼란과 불쑥불쑥 튀어나오는 위험, 근심과 역경들, 그것들이야말로 우리 삶에 가장 필요한 요소다. 그런 도전들이 없다면 우리 삶은 한없이 나약해질 것이다.

마음을 편안하게 가지고, 느긋하게 삶의 혼란을 즐겨라. 불쑥불쑥 튀어나오는 삶의 모든 위험을 그저 한 발자국 떨어져 가만히 지켜보라. 이렇게 될 수도 있고 저렇게 될 수도 있는, 모든 가능성이 열려 있는 삶이란 얼마나 생기로우며 아름다운가. 삶의 모퉁이에서 역경을, 위험을, 좌절을 만나면 호흡을 가다듬고 반짝이는 눈으로 눈부시게 지켜보라. 혼란스러운 삶도 깊이 바라보면 눈부시게 빛난다.

삶의 모퉁이에서 역경을, 위험을, 좌절을 만나면
호흡을 가다듬고 반짝이는 눈으로 지켜보라.
삶의 불확실성과 불안정성을 있는 그대로 수용하라.
혼란스러운 삶도 깊이 바라보면 눈부시게 빛난다.

삶의 모퉁이에서

* 눈부신 하루를 시작하는 나의 다짐 *

행복의 조건

많은 사람이 행복하기 위한 특별한 조건을 찾아 나선다. 내가 원하는 특정한 조건이 갖춰졌을 때 행복할 거라고 여기기 때문이다. 그러나 지혜로운 자는 외부 상황을 바꾸기보다 자신을 변화시킴으로써 행복을 얻는다. 행복의 원천이 외부가 아닌 자기 내부에 있다고 믿는 것이다.
그러나 외부를 바꾸려는 사람이든 내부를 바꾸려는 사람이든 모두 지금 이대로의 현실에는 만족하지 못한 채 안이나 밖의 무언가를 바꾸려고 한다. 변화되기 전과 후를 둘로 나눈 뒤, 변화된 뒤의 삶을 선택하는 것이다. 이것은 둘로 나누는 이법(二法)일 뿐 불이법(不二法)이 아니다. 불이중도(不二中道)를 깨달은 자는 오직 지금 이대로의 참된 진실을 본다. 지금 이대로의 현실이야말로 진실임을 알기에 언제나 여기에 현존할 뿐이다. 추구하는 대신 다만 존재하라.

어리석은 자는 상황을 바꾸고

지혜로운 자는 자신을 바꾼다.

그러나 깨달은 자는 그 어떤 것도 바꾸지 않는다.

지금 이대로의 현실이야말로 진실임을 알기 때문이다.

어리석은 자는

* 눈부신 하루를 시작하는 나의 다짐 *

참된 본성

당신은 생각이 아니다. 생각이 '여기'에서 일어나고 사라질 뿐. 당신은 감정이 아니고, 몸이 아니다. 그 모든 것들이 '여기'에서 일어나고 사라질 뿐이다. 이 우주에 존재하는 것 중에 따로 존재하는 것은 하나도 없다. 바다와 파도의 관계처럼, 바다 위에서 인연 따라 파도가 일어나고 사라질 뿐, 파도의 실체가 따로 있는 것이 아니다. 인연 따라 파도가 일어나고 사라지듯, 바로 '이것'이라는 바다 위에서 생각도, 감정도, 욕망도, 육체도, 사건도, 삶도 파도처럼 일어나고 사라진다.

하나의 바다가 있을 뿐 파도가 실체는 아니듯, 하나의 본성이 있을 뿐 따로 떨어진 실체적 존재나 사건이 있는 것은 아니다. 우리의 본질은 오가는 파도가 아니다. 그 바탕에 언제나 한결같이 있는 바다여야 한다. 파도가 내가 아니라, 바다가 진짜 나다.

나는 누구인가? 세상은 무엇인가? 삶이란 무엇인가?
바다 위에 인연 따라 파도가 치듯, 삶이란 파도에 불과하다.
온갖 존재가 벌이는 울고 웃는 삶의 스토리는
다만 '파도'일 뿐이다.
파도는 본질이 아니다. '하나의 바다'만이 참된 본성일 뿐.

나는 누구인가?

* 눈부신 하루를 시작하는 나의 다짐 *

참회

과거에 죄지은 것이 많아 괴로운 사람이 있다면 이 불법(佛法) 안에서는 완전히 안심해도 좋다. 본래 선과 악은 없다. 죄의식은 하나의 망상이고 자기 스스로 만들어낸 개념일 뿐이다. 우리는 다만 '어떤' 행위를 할 뿐이지 좋거나 나쁘거나, 선하거나 악한 행을 하는 것이 아니다.

모든 행은 그것 자체로는 중립적이다. 똑같은 행위도 어떤 나라에서는 선이지만, 다른 나라에서는 악이 되지 않는가. 이처럼 근본에서 본다면 선악도 없고, 선한 자와 악한 자도 없다.

물론 현상 세계에서는 인과응보가 명확하게 존재한다. '선인선과(善人善果) 악인악과(惡人惡果)'를 피할 수 없다. 다만 죄업과 선업, 악업이 본래 공(空)함을 깨닫게 되면 곧장 모든 죄가 놓여진다. 아니, 있지만 있지 않은 것이 된다. 이것이 참된 참회다. 자신이 죄인이라는 환상에서 빠져나와 진심으로 참회할 때 죄에서 놓여진다.

수백 년 동안 어둡던 동굴도

불빛 하나로 일시에 환히 밝아지듯

과거의 모든 죄업 또한 참회하는 순간 놓여진다.

근원에서 본래 죄가 없음을 깨닫는 것이 참된 참회다.

수백 년 동안

* 눈부신 하루를 시작하는 나의 다짐 *

가족

가족이나 오랜 친구 같은 가까운 인연일수록 내 안의 업연(業緣)이 깊이 투영된 관계다. 내 안에 어떤 업이 있는지를 가장 확실하게 드러내주는 거울이다. 이번 생에 내가 풀고 가야 할 업연이 무엇인지, 깨달아야 할 공부가 무엇인지를 우리는 바로 그런 인연을 통해 알 수 있다. 그렇기에 가까운 인연과의 관계를 맑게 풀고 용서하는 것이야말로 이번 생의 가장 중요한 인생 공부다.

물론 가족과의 인연이 나쁘다고 해서 내 업이 나쁘다는 뜻은 아니다. 오히려 가까운 인연이 악연으로 맺어졌다는 건 이번 생에 나에게 아주 중요한 깨달음의 과제가 주어졌다는 것이다. 그와의 인연을 맑고 향기롭게 가꾸어감으로써 우리는 금생에 정신적으로 한 단계 도약하는 감사한 공부 재료를 부여받은 것이다. 주어진 인연 자체야말로 마음공부의 생생한 현장이다.

가족처럼 가까운 인연은 내 안의 업이 투영된 관계다.
내 안에 어떤 업이 있는지를 보여주는 가장 확실한 거울이다.
생의 가장 중요한 목적은 바로 가족과의 관계를 맑히는 것이다.
가정이야말로 나를 성장시키는 마음공부의 생생한 현장이다.

가족처럼 가까운

* 눈부신 하루를 시작하는 나의 다짐 *

역경

진리는 삶의 역경(逆境)을 타고 온다. 삶이 비탈진 내리막으로 내동댕이 쳐지고 있을 때 도리어 삶의 획기적인 변화가 찾아온다. 불안과 혼란은 우리를 내면 깊은 곳에 더욱 단단하게 뿌리내리게 해준다. 역경은 없고 순경(順境)만 있는 삶이야말로 가장 큰 역경이다. 우리 삶이 역경과 순경, 긴장과 이완이 반복된다는 것은 여간 감사한 일이 아니다.

우리는 다만 그것을 있는 그대로 받아들이면 된다. 좋고 나쁘게 받아들이는 것이 아니라 오면 오는 대로, 가면 가는 대로 받아들이면 된다. 그렇지 않고 불안과 위험을 버리려 애쓰고, 행복과 편안함과 순탄한 삶만을 붙잡고자 애쓴다면 그때부터 삶은 우리를 외면하고 심지어 파멸시킬지도 모른다. 온전한 삶이 그대를 비켜 가기 때문이다.

양극이라는 삶의 파동 위에 올라타라. 마음껏 삶의 서핑을 즐기라.

삶의 비탈진 내리막에서 뒤집혀 내동댕이쳐질 때
바로 그때 도리어 획기적인 삶의 변화가 찾아온다.
역경이 없고 순탄하기만 한 삶이란 곧 가장 큰 역경이다.
순경과 역경, 긴장과 이완이야말로 자연스러운 삶의 파동이다.

삶의 비탈진 내리막에서

* 눈부신 하루를 시작하는 나의 다짐 *

지금

삶은 언제나 지금 여기에 있는 이것이다. 언젠가 행복하겠지, 언젠가 부자가 되겠지, 훗날 부자가 되면 베풀어야지, 언젠가 부처가 될 수 있겠지 하는 그 모든 미래에 대한 기대는 하나의 생각이며 망상일 뿐이다. 지금 행하지 않는 것은 다 헛된 관념일 뿐, 절대 진실이 아니다. 세속적 삶에서는 미래를 계획하고 행복을 추구하며 살 수 있지만, 이 출세간의 공부에서는 의미 없는 일일 뿐이다.

지금 당장 행복할 뿐, 행복을 추구하지 마라. 행복을 추구하는 건 '지금은 행복하지 않다'는 전제를 품고 있는 것이다. 그런 추구는 행복을 가져오는 것이 아니라, 행복하지 않은 현실을 창조할 뿐이다. 언젠가가 아니라 바로 지금 내가 꿈꾸는 그것을 하라. '지금'이 아니면 그 무엇도 이룰 수 없다. 내가 살 수 있는 삶은 오직 '지금'밖에 없으니.

언젠가가 아니라 바로 지금 행복하라.
미래가 아니라 바로 지금 자비를 베풀라.
내일이 아니라 바로 지금 깨어 있으라.
지금이 아니면 그 무엇도 이룰 수 없다.
'지금'뿐이기에.

언젠가가 아니라

* 눈부신 하루를 시작하는 나의 다짐 *

마음

나는 어릴 적부터 침 맞는 것을 싫어했다. 툭하면 외할머님께서 침을 놓아주셨기에 침에 트라우마 같은 것이 있었다. 중학생 때는 혈액형 실험 때 스스로 피를 뽑다가 온몸에 기운이 빠지면서 어지러웠던 기억까지 있을 정도다. 다행히 성인이 된 지금은 스스로 한의원도 다니고 침도 곧잘 맞는다. 그런데 한의원에서 시원하게 침을 맞던 어느 날, 그날따라 부항으로 뽑아낸 피를 보자마자 어릴 적 트라우마가 떠오르며 순식간에 온몸에서 식은땀이 나고 어지러웠다. 그건 놀라운 경험이었다. 단순한 마음의 변화가 곧장 몸에 영향을 끼친 것이다.

그렇다. 마음에서 일어나면 곧장 몸까지 변화시킨다. 나아가 주위와 우주에까지 영향을 미친다. 마음에서 치유되면 병도 치유되고, 우주도 치유된다. 이 마음이 바로 부처요, 온 우주이기 때문이다.

모든 일의 근본은 마음이다.
마음이 주인이 되어 모든 일을 시키고 세상을 만든다.
마음의 변화가 곧장 몸에도, 주위에도 영향을 미친다.
마음이 변화되면 삶에도, 우주에도 변화가 시작된다.

모든 일의 근본은

* 눈부신 하루를 시작하는 나의 다짐 *

자기 사랑

나 자신이 지금의 모습으로 존재하는 것에 대해 인정하고 허용하라. '지금 이대로의 나'를 허용하고 사랑하는 것은 지금 여기에 존재하는 근원적인 '참나'를 인정하는 것이며, 우주법계도, 나도 이미 완성되어 있음을 스스로 신뢰하는 것이다. 거기에서부터 깨어남은 시작된다. 그것은 내가 이미 깨달아 있는 붓다임을 선언하는 것이기 때문이다.
만약 내가 나를 받아들이지 못하고 사랑하지 못한다면, 이 우주도 나를 사랑하지 않을 것이다. 내가 바로 우주이고 진리이며, 그 모든 것이기 때문이다. 내 마음이 바로 부처다. 그러니 내가 나를 사랑하지 않는다는 것은 곧 우주가 나를 사랑하지 않는다는 것이다. 스스로 나 자신을 있는 그대로의 모습으로 사랑하고 받아들일 때, 온 우주로부터 사랑받게 된다.

타인을 사랑하기 전에 먼저 자기 자신을 사랑하라.
내가 나를 사랑하지 않는데 그 누가 나를 사랑하겠는가.
자신을 사랑할 때 비로소 타인도 사랑할 수 있고,
나아가 온 우주로부터 사랑받을 조건이 갖추어진다.

타인을 사랑하기 전에

* 눈부신 하루를 시작하는 나의 다짐 *

언제나 좋다

소유가 늘어나면 이웃과 나누며 살 수 있어 좋다. 소유가 줄어들면 청빈과 비움을 공부의 기회로 삼으며, 소욕지족을 깨닫게 되어 좋다. 어떤 경우일지라도 소유의 많고 적음은 아무런 문제가 되지 않는다. 물질은 많아도 되고 없어도 그만이다. 그건 그저 하나의 평범한 선택일 뿐이지, 거기에 목숨 걸 대단한 무언가가 아니다. 그러나 어리석은 사람은 많으면 많아서 괴롭고, 없으면 없어서 괴롭다.

당신은 어떤가? 많아서 괴롭고 없어서 괴로운 사람이 될 것인가, 많아도 좋고 없어도 좋은 사람이 될 것인가? 지혜롭다면 소유가 많든 적든 상관없이 주어진 삶을 받아들여 그 속에서 자유 의지로 행복을 선택해나갈 것이다. 이것이 바로 진정한 주도적 삶이다. 있고 없음에 휘둘리지 않게 될 때 있으면 있어서 즐겁고, 없으면 없어서 즐거워진다.

소유가 늘어나면 이웃과 나누며 살 수 있어 좋고,
소유가 줄어들면 청빈과 비움의 공부가 되니 그것도 좋다.
지혜로운 이는 소유물의 많고 적음에 휘둘리지 않는다.
있으면 있어서 즐겁고, 없으면 없어서 즐겁다.

소유가 늘어나면

* 눈부신 하루를 시작하는 나의 다짐 *

마음의 문

마음의 문을 닫는다는 것은, 문을 닫아걸고 내가 원하는 것들만 선택적으로 받아들이는 것이다. 문을 활짝 연다는 것은, 이 우주의 모든 것들이 자유로이 내 존재의 집 안으로 들어오고 나가는 것을 허용하는 것이다. 그리하여 마음을 닫을 때는 내가 좋아하는 것들만 분별하여 선택적으로 수용하고, 마음을 열 때는 분별하는 것 없이 삶 자체를 있는 그대로 수용하게 된다.

문을 닫으면 거기에 '나'라는 아상이 개입된다. 내가 삶을 이끌고 가는 것이다. 반면에 문을 열 때 아상은 사라지고 내가 아닌 삶 자체의 질서, 우주법계가 나를 이끌고 가게 된다. 그렇기에 문을 닫으면 진리를 깨달을 가능성도 함께 닫히게 되고, 문을 열어두면 무한한 가능성과 배움, 깨달음이 파도쳐 들어온다. 문을 열 때 한 번도 생각지 못했던 놀라운 가능성에 눈뜨게 된다.

무언가를 좋아할 때 그것을 향해 마음이 열리고,
무언가를 싫어할 때 그것을 향해 마음이 닫힌다.
좋고 싫은 것과는 상관없이 무조건 마음을 열어놓아라.
닫았던 것에 마음을 열 때 새로운 가능성이 열린다.

무언가를 좋아할 때

* 눈부신 하루를 시작하는 나의 다짐 *

감사합니다

감사야말로 우리가 우주로 보낼 수 있는 최상의 창조 에너지다. 부족하다고 말할 때 우주는 부족한 것을 보내주지만, 감사하다고 말할 때 바로 그 감사한 부분을 우리에게 채워준다. 힘들다고 말할 때 그 힘든 점이 지속되고, 벗어나려고 애쓸 때 바로 그 벗어나려던 것이 계속된다.

현실의 상황을 부정하고, 지금 이 순간에 저항하면 오히려 그것이 지속된다. 현재의 경제력에 만족하고 감사해하면 경제력이 늘어나고, 가족에게 감사한 마음을 내면 가족은 더 감사한 일들을 만들어낸다. 부자되게 해달라는 말은 사실 결핍을 연습하는 말이며, 진급하게 해달라는 말은 현 직급에 만족하지 못한다는 언어를 우주로 내보내는 것이다. 부족의 언어, 구걸하는 기도보다는 감사의 언어를 찾아 글로 적어보고, 직접 표현해보자. 감사는 표현할 때 더없이 강력해진다.

매일 삶에서 감사한 부분을 찾아 감사 일기를 써보자.

감사할 부분을 찾아 감사하다고 말하는 것이야말로,

눈부시게 감사한 삶을 창조하는 비결이다.

감사는 말과 글로 표현될 때 더없이 강력해진다.

매일 삶에서 감사한

* 눈부신 하루를 시작하는 나의 다짐 *

영원한 지금

매주 절에 빠지지 않고 나오던 70대 어르신께서 어느 날 아프리카로 혼자 배낭여행을 떠나셨다. 책을 읽다가 아프리카 여행과 관련된 이야기를 아주 감명 깊게 읽고는 그날부터 배낭여행을 준비하셨다고 한다.

흔히 사람들은 착각하고 산다. 해외 배낭여행은 20대 젊은이들이나 하는 거지, 늙어서 무슨 배낭여행이냐고 말이다. 그러나 지난 때라는 것은 없다. 우리의 영혼에는 나이가 없다. 우리에게는 언제나 새롭게 시작하는 오늘이 있을 뿐이다. 나이와 상관없이 우리는 새롭게 시작되는 하루를 위해 할 수 있는 가장 가치 있는 일을 고민하고 도전해야 한다. 더욱이 나이가 들어갈수록 그 가치를 외부적인 것보다는 내면적인 것에서 찾게 될 테니, 수행과 불법, 마음공부를 새롭게 시작하기 더욱더 좋은 때가 아니겠는가.

참된 근원에는 나이가 없다.

이미 지난 때도 없고, 오지 않은 때도 없다.

오직 영원한 지금만 있을 뿐.

도전하라. 지금이 바로 그때다.

참된 근원에는

* 눈부신 하루를 시작하는 나의 다짐 *

완벽한 상황

주어진 삶을 누릴 때 비로소 삶의 완전함이 드러난다. 그러나 추구하고 빌고 욕망할 때 존재 본연의 완전함은 사라지고 결핍과 부족과 실패가 창조된다. 사실은 부족했던 것이 아니라 부족하다고 생각한 것일 뿐이다. 행복하지 않은 것이 아니라 행복하지 않다고 판단했을 뿐이다.

행복은 어떤 완벽한 상황이 갖춰졌을 때 오는 것이 아니다. 행복을 누릴 때 바로 그 완벽한 상황이 만들어진다. 행복해지기 위해서는 무언가가 필요하고, 어떤 특정한 조건 속에서만 행복할 수 있으리라는 믿음은 환상일 뿐이다. 지금 이대로도 우리는 충분히 행복하다. 행복은 어떤 것도 필요로 하지 않는다. '행복하기 위한 어떤 특정한 조건'은 없다. 행복하지 않다는 생각만 내려놓으면 될 뿐.

지금 이대로도 충분히 행복하다.

행복하기 위한 그 어떤 특정한 조건은 없다.

행복은 어떤 완벽한 상황이 갖춰졌을 때 오는 것이 아니라

행복을 누릴 때 바로 그 완벽한 상황이 만들어진다.

지금 이대로도

* 눈부신 하루를 시작하는 나의 다짐 *

마주하기

두려워하면 두려워하는 바로 그것이 끌려온다. 거부하면 거부하는 바로 그것이 내 삶에 등장한다. 두려워하고 거부할수록 그 에너지가 바로 그 대상을 창조하기 때문이다. 살이 찌면 어쩌지 하고 두려워할 때, 더 많이 먹고 싶고 살도 점점 더 찌게 된다.

모든 사람들을 이기적이라고 여기며 사람들과 관계 맺기를 두려워하면, 어쩌다가 이타적인 사람과 관계를 맺게 되었을지라도 그 사람이 내게 이기적인 행동을 하게 될 것이다. 그것은 그 사람의 잘못이 아니라, 내가 그렇게 믿고 두려워하기 때문이다. 그 사람은 단지 우주적인 역할에 충실했을 뿐이다. 실패를 두려워하면 실패할 확률이 높아진다. 특정한 사람을 미워하고 거부할수록 그런 사람과 계속해서 만나게 된다.

두려움과 마주하라. 받아들이고 허용하라.

두려워할수록, 거부할수록 그 상황이 더욱 지속된다.
두려워할 때 두려운 대상에 에너지를 많이 쏟게 되고,
만나면 어쩌지 하는 두려움이 도리어 그것을 끌어온다.
정면으로 마주하고 받아들일 때 두려움은 사라진다.

두려워할수록,

* 눈부신 하루를 시작하는 나의 다짐 *

존중

진정 힘 있는 사람은 힘을 드러내고 자랑할 아무런 이유가 없다. 모든 존재가 자기만의 삶의 방식이 있음을 알기 때문이다. 또한 높고 낮은 수직적 관점이 아니라, 평등하면서도 독자적인 가치와 무게를 지니고 있음을 안다. 높고 낮거나 강하고 약한 상대적인 힘은 끝날 때가 있지만, 비교하지 않는 데서 오는 다름의 존중과 인정의 방식은 끝이 없다. 모든 존재의 깊은 심연에 피어난 영혼의 꽃을 보게 된다면, 그 가지각색의 특색과 존재 방식을 한 분의 붓다요, 신으로 보게 될 것이다. 모든 이가 한 분의 성스러운 부처님이며, 이 세상은 만 가지 꽃이 피어난 눈부신 정원이 된다. 이 신비의 정원에서 나와 다르게 피어난 꽃이라고 해서 짓밟거나 꺾을 이유는 없지 않은가. 모든 이들을 존중할 때 내가 우주로부터 드높여진다.

모든 존재는 저마다 자기만의 삶의 방식이 있다.
지혜로운 이는 비교하는 대신 다름을 인정하고 존중한다.
힘자랑을 하거나 남을 굴복시킬 아무런 이유가 없다.
이 세상은 신과 붓다가 꽃으로 피어난 눈부신 정원이니.

모든 존재는

* 눈부신 하루를 시작하는 나의 다짐 *

부처로 살기

먼 훗날 부처가 되리라 마음먹는 것은 지금과 미래를 둘로 나누고, 중생과 부처를 둘로 나누는 분별법이지 참된 무분별의 중도가 아니다. 부처는 언젠가 될 수 있는 게 아니다. 지금 여기서 부처로 사는 것이다. 부처는 없는 것을 만들어내는 것이 아니라 지금 이미 있는 것을 다만 드러내는 것이다. 참된 공부는 부처가 되는 것이 아니라 다만 매 순간 부처로 사는 것이다.

지금 이대로의 자연스러운 부처의 삶을 자기 식대로 해석해서 좋으니 나쁘니 분별하지 않을 수 있다면 지금 이대로가 참된 진리의 실상이다. 부처가 되겠다는 그 생각만 없다면 지금 이 자리에서 여지없이 부처다. 우리가 할 일은 지금 이 순간이라는 참된 진실을 받아들여 매 순간 그저 여기에 존재하는 것이 전부다. 모든 추구를 멈추고, 지금 여기에 현존하라. 도착하라.

바로 지금 이대로 우리는 누구나 부처다.

불법은 부처가 '되는' 공부가 아니라 부처로 '사는' 공부다.

부처로 산다는 것은 매 순간을 받아들여

여기에 존재하는 것이다.

더 이상의 추구를 끝내고 이미 있는 아름다움에 젖어드는 것이다.

바로 지금 이대로

* 눈부신 하루를 시작하는 나의 다짐 *

2장

사람들에게 듣습니다

사랑으로

거의 대부분의 행동은 '두려워서' 하는 행동과 '사랑하기 때문에' 하는 행동으로 나뉜다. 많은 사람은 주로 두려워서 행동한다. 반면 깨어 있는 사람은 사랑하기 때문에 행한다. 돈을 번다는 단순한 행위조차 돈을 안 벌면 큰일 날 것 같고 뒤처질 게 두려워서 한다. 미래가 두렵고, 남들의 비난이 두렵고, 늙고 병들어 죽는 것도 두렵다.

관세음보살의 다른 이름인 시무외자(施無畏者)는 '두려움을 없애주는 보시를 하는 자'라는 뜻이다. 보시의 세 가지 종류 중에 무외시(無畏施)를 중요시하는 이유도 여기에 있다. 사실 우리 삶에 두려운 것은 없다. 무한한 자비와 사랑이 본질이지 두려움이 이 세상의 본질은 아니다. 두렵기 때문이 아니라 사랑하기 때문에 그것을 행하라. 이웃에게 두려움 대신 사랑과 자비를 베풀라.

'두려워서' 하는 행동이 있고, '사랑해서' 하는 행동이 있다.

중생들은 두려워서 행하고, 붓다는 사랑해서 행한다.

두렵기 때문이 아니라 사랑하기 때문에 그것을 행하라.

근원에서는 두려워할 것이 없다. 다만 사랑하면 될 뿐.

'두려워서' 하는

* 눈부신 하루를 시작하는 나의 다짐 *

마음먹기

마음이 옹졸할 때는 바늘 하나 꽂을 구멍조차 없지만, 마음이 활짝 열려 있을 때는 모든 것을 받아들이게 된다. 자식들이 소리 지르며 떠들고 장난칠 때도, 마음이 좁을 때는 화내면서 혼을 내지만 기분이 좋은 날은 그 떠드는 소리조차 사랑스럽게 느껴진다.

이처럼 마음이 열려 있으면 같은 것을 보면서도 전혀 다른 것이 보인다. 시야가 넓어지고, 긍정적으로 바뀐다. 세상이 아름답게 느껴지고, 마음이 닫혀 있을 때는 보이지 않던 수많은 보배와도 같은 것들이 비로소 보이기 시작한다. 마음이 활짝 열려 있는 사람은 이처럼 평범한 하루 속에서도 빛나는 아름다움을 보게 된다. 결국 이 세상이 지옥처럼 괴로운 곳인지, 천상처럼 행복한 곳인지는 외부에 달린 것이 아니라, 내 마음이 얼마나 열려 있는가에 달렸다.

마음이 닫혀 있을 때는 바늘 꽂을 구멍조차 없지만,

마음이 활짝 열리면 모든 것을 통째로, 전부 받아들인다.

평소에 보이지 않던 수많은 것들이 보이기 시작한다.

세상이 지옥인지 천상인지는

마음이 얼마나 열려 있는가에 달렸다.

마음이 닫혀 있을

* 눈부신 하루를 시작하는 나의 다짐 *

평화

로마 철학자 에픽테토스(Epictetos)는 이렇게 말한다.

"그대가 자식을 소리쳐 부르는데 아무 대답도 하지 않는가? '그럴 수도 있다'는 것을 항상 염두에 두라. 또 대답을 한다 해도 자식이 그대가 시킨 일을 하지 않을 수도 있다. 그것 때문에 마음을 방해받지 마라. 자식에게는 그대의 평화를 깨뜨릴 힘이 없다. 마음의 평화를 깨뜨리는 것은 자식이 아니라 바로 그대 자신이다."

부모가 "아들" 하고 부르면 아들은 곧바로 "네" 하고 뛰어와야 한다. 이렇게 재깍재깍 반응이 와야 하는데 아무리 불러도 게임에 빠져 대답을 하지 않으면 화가 난다. 반응이 재깍재깍 오지 않아서 괴로운 것은 아들의 문제일까, 아니면 나의 문제일까? 그건 내 문제다. 부모의 말을 안 듣는 자식 때문에 괴로운 것이 아니라, '반드시 이래야 한다'는 자신의 생각으로 인해 고통받는 것이다.

상대방이 내 말을 듣지 않거나 따르지 않는가?
당연히 그럴 수도 있다. 그로 인해 괴로워하지 마라.
상대방에게는 나의 평화를 깨뜨릴 힘이 없다.
나의 평화를 깨뜨릴 수 있는 건 오직 나 자신일 뿐.

상대방이 내 말을

* 눈부신 하루를 시작하는 나의 다짐 *

지금 이대로

우리는 무언가를 하지 않더라도 지금 이 모습 그대로 온전하다. 사실은 더 이상 무언가를 행위할 필요가 없다. 우리는 태어나서 지금까지 끊임없이 무언가를 해야 하는 행위의 삶만을 살아왔다. 멈추면 남들보다 뒤처질까봐 한순간도 멈출 수가 없었다.

그러나 나를 쫓아오는 자는 아무도 없다. 아무리 열심히 달려간다고 할지라도 우리는 '지금 여기'에서 한발도 벗어날 수 없다. 내 허망한 의식이 비교, 판단, 분별함으로써 남들보다 더 앞에 있거나 뒤처진다고 착각하고 있을 뿐이다. 세속의 왔다가 가는 허망한 조건들은 노력해서 얻을 수 있겠지만, 오고 가지 않으며 언제나 이대로 완성되어 있는 삶, 이 진실은 노력해서 얻을 수 있는 것이 아니다. 그저 주어지는 것일 뿐이다.

주어진 것을 그저 누려라. 지금 이대로면 충분하지 않은가. 세상은 그대로 아름답다.

내 앞에 펼쳐진 삶 그 자체를

남과 비교해서 굳이 바꾸려 들지 마라.

지금 있는 그대로 그렇게 있는 것을 마땅히 허락하라.

지금 이대로도 충분히 아름답지 않은가!

내 앞에 펼쳐진

* 눈부신 하루를 시작하는 나의 다짐 *

수희찬탄

평소에는 보지 못했던 친구의 '장점'이 보이기 시작한다는 건 단순한 일이 아니다. 비로소 내 안에도 그 친구에게서 본 바로 그 장점이 피어나고 있다는 증거다. 상대에게서 보고 느끼고 깨닫는 것은 내 안에서도 창조가 가능하다. 더 놀라운 점은 타인의 장점이 자기화되는 것을 넘어 다른 사람과 주위에도 영향을 끼친다는 사실이다.

타인의 긍정성에 집중하면 내 안의 긍정적인 부분이 커지고, 나아가 긍정적인 파장을 내 주위에 흩뿌리게 되어 주위가 덩달아 환해진다. 회사 동기가 능력을 인정받을 때 질투보다는 진심으로 축하하고 기뻐해주면 곧 나의 업무 능력이 커질 뿐 아니라 회사 전체가 밝아진다. 나아가 이 우주를 밝힘으로써 세상에 기여하게 된다. 이것이 바로 수희찬탄(隨喜讚嘆), 즉 진심으로 기뻐하며 칭찬하는 힘이다.

남들의 장점을 많이 보게 된다는 것은
내 안에도 그러한 장점이 꽃처럼 피어나고 있다는 뜻이며,
그 장점의 파장을 주위에 널리 나누는 것과 같다.
타인을 수희찬탄할 때 내게도 찬사받을 일이 생긴다.

남들의 장점을

* 눈부신 하루를 시작하는 나의 다짐 *

분별을 넘어

돈이 없거나, 능력이 없거나, 성격이 나쁘거나, 죄를 지었을지라도 그를 업신여기지 마라. 그는 높은 자리에 있는 성스러운 사람과 티끌만큼도 다르지 않다. 누구나 자신의 진리를 꽃피울 따름이다.

높거나 낮거나, 잘났거나 못났거나, 선하거나 악하거나 등의 분별은 무명에 휩싸인 인간이 하는 차별심일 뿐, 진리는 그런 것을 모른다. 내가 남들보다 잘난 부분에 대해 인정받기를 원한다면 그 공부를 통해 고통 받게 될 것이다. 그런 것은 없음을 결국 깨닫게 될 것이기 때문이다.

나는 그 누구와 비교해서 우월하지도, 열등하지도 않다. 분별할 것은 없다. 높고 낮음, 좋고 싫음, 옳고 그름은 없다. '서로 다른 것'이 있을 뿐. 차이를 알되 차별할 것은 없다. 누구나 자신의 길을 자기답게 걷고 있을 뿐 거기에 옳고 그름은 없다.

좋고 나쁜 것은 없다. '서로 다른 것'이 있을 뿐.

옳고 그른 생각은 없다. '서로 다른 생각'이 있을 뿐.

차이를 인정하되 차별하지는 마라.

분별을 넘어 존재를 있는 그대로 바라보라.

좋고 나쁜 것은

* 눈부신 하루를 시작하는 나의 다짐 *

선행과 수행

돈을 벌고, 명품을 사고, 명예와 지위를 얻고, 학력과 진급에 사로잡혀 아무리 열심히 일할지라도 죽고 나면 그 모든 것은 물거품처럼 사라진다. 십 원 한 장 저승으로 가져갈 수 없다. 그럼에도 우리는 죽은 뒤에 가져가지 못하는 것들에 목숨을 건다.

지혜로운 사람은 죽은 뒤에도 가져갈 수 있는 것을 행한다. 유일하게 죽음 이후에 가져갈 수 있는 두 가지 행이 있으니 수행(修行)과 선행(善行)이다. 다만 수행과 선행은 행하되 행했다는 상(相)이 없이 무위(無爲)로써 행할 때 공덕이 있다. 복을 짓고 베풀며 살되 베푼다는 상에 집착하지 않고, 수행을 하되 수행한다는 상에 사로잡히지 않을 때 복덕과 지혜가 증장한다.

죽음 이후가 궁금한가? 그렇다면 선행과 수행이라는 영원의 은행 잔고를 살펴보라.

죽을 때 가져갈 수 있는 두 가지 행(行)은

선행과 수행이다.

선행과 수행을 하면서도 행하는 바가 없을 때,

선행은 복덕으로, 수행은 열반으로 피어난다.

죽을 때 가져갈

* 눈부신 하루를 시작하는 나의 다짐 *

무한 가능성

뇌과학에서는 우리의 뇌가 초당 4,000억 비트의 정보를 처리하는데, 그 가운데 단지 2,000비트만 인식한다고 한다. 습관적으로 내 안에서 좋고 나쁜 것을 나누어놓고, 그중 좋다고 판단한 것만을 분별해 받아들이고 나머지는 무시해버리는 것이다. 그럼으로써 매번 똑같은 2,000가지의 가능성만이 현실로 지루하게 반복되어 이루어질 뿐, 나머지 399,999,998,000비트의 무한에 가까운 가능성은 사라진다.

마음을 활짝 열고 과거에 만들어놓은 습관적인 분별과 차별만 내려놓으면, 그 무한한 삶의 가능성이 우리 앞에 눈부시게 연주될 수 있다. 양자물리학에서는 이 세계를 무한한 가능성의 장으로 본다. 익숙한 과거에 갇혀 있는 대신 무한 가능성에 마음을 활짝 열어젖힌다면
놀랍도록 새로운 세계가 우리 앞에 펼쳐질 것이다.

우리 앞에는 새로운 가능성이 매 순간 열려 있다.

다만 나 스스로 늘 보던 것만 보도록 습관화되어 있기에,

그 제한된 판단 분별이 무한한 삶의 가능성을 축소시킬 뿐이다.

마음을 활짝 열고 습관적 분별만 거두면

우리 앞에 무한 가능성의 세계가 펼쳐진다.

우리 앞에는 새로운

＊눈부신 하루를 시작하는 나의 다짐＊

무심

생각은 대상을 둘로 쪼개고 나누는 성질이 있다. 어떤 사람을 떠올릴 때 그와 나를 나누고, 어떤 사람을 볼 때 좋고 나쁨을 나눈다. 생각이 대상을 둘로 분별하는 것이다. 그로 인해 좋고 싫음이 생기며, 집착과 거부가 뒤따른다. 좋아서 집착해도 괴롭고, 싫어서 거부해도 괴롭다. 분별심은 곧 헛된 망상이며 괴로움을 만든다.

분별과 분별 사이, 생각과 생각 사이에 빈 공간을 가져보라. 생각을 분별없이 다만 바라보기만 할 때 생각과 생각 사이에 빈 공간이 생겨난다. 그렇게 무심의 빈 공간을 늘려가면 분별심은 힘을 못 쓰고 사라진다. 분별심을 탓하지도 말고, 분별심과 싸워 이기려고도 하지 말고, 다만 분별심이 거기에 있다는 사실만 자각하라. 분별심이 일어났음을 그저 알아차리고, 그것이 머물다가 가도록 허용하라.

생각과 생각 사이에 빈 공간을 두라.

그 무심(無心)의 빈 공간 안에 잠시 있어보라.

한 생각에서 다음 생각까지의 그 텅 빈 간격,

그 공간이야말로 분별 망상이 사라진 본연의 자리다.

생각과 생각 사이에

* 눈부신 하루를 시작하는 나의 다짐 *

휘둘리는 마음

누군가가 당신을 비난했다면 그건 그럴 수도 있는 일이다. 이 세상 누군가가 나를 욕하고 비난하는 일은 '그럴 수도 있는' 흔한 일일 뿐이다. 남을 비난하는 자는 어디에나 있게 마련이다. 부처님도 많은 외도(外道)들에게 비난을 받으셨다. 비난받기를 두려워하고 비난받기 싫어하는 내 마음이 문제일 뿐, 비난 그 자체는 아무런 힘도 없다.

만약 당신이 비난받는 것으로 마음 아파한다면 그것은 그 비난을 실체화하고 진짜라고 믿기 때문이다. 그러니 비난하는 사람을 탓할 필요는 없다. 오히려 비난에 휘둘리고 아파하는 내 마음이 문제다.

비난받을 때는 오직 자신의 마음을 보라. 내가 그 욕설을 어떻게 실체화하고, 믿고, 아파하는지, 내면의 전 과정을 다만 지켜보라. 내가 힘을 실어주지 않으면 비난은 힘을 잃고 사라진다.

남을 비난하는 사람은 어디에나 있게 마련이다.
타인은 나를 비난할 수도 있다. 그럴 수도 있는 흔한 일이다.
외부의 '비난하는 자'가 아닌 비난에 휘둘리는 자기 마음을 보라.
비난에 휘둘리는 마음을 다스리면 외부의 비난도 사라진다.

남을 비난하는

* 눈부신 하루를 시작하는 나의 다짐 *

양심

우리는 양심과 욕심 사이에서 끊임없이 갈등한다. 공금을 사용할지 사비를 쓸지, 애매한 경우에 마음은 속삭인다. "이 정도 공금은 그냥 써도 괜찮아." 이럴 때는 어떻게 해야 할까? 다행히 우리에게는 '양심'이라는 내면의 소리가 있다. 조금이라도 양심에 거리낌을 느끼면 그 일은 우주가 알고 있다는 것을 의미하므로 하지 않는 것이 좋다.

아상(我相)은 끊임없이 욕망을 따르라고 부채질할 것이다. 그러나 지혜로운 이는 그 욕망과 아상의 속삭임에 굴복하지 않고 양심의 소리에 귀 기울인다. 양심에 거리낄 것 없이 살면 우주 앞에 당당할 수 있다. 자신의 그릇을 알아보려면, 양심을 속이는지 안 속이는지를 살펴보라. 양심은 외부로 드러나지 않기에 속이더라도 타인에게 안 보인다. 그렇기에 스스로 자신을 판단하는 도구가 된다.

나는 양심에 어긋나는 행위를 얼마나 할까.
양심에 거리낀다는 것은 곧 우주가 알고 있음을 뜻한다.
양심에 어긋남이 없을 때 우주 앞에 당당해질 수 있다.
양심이야말로 내면의 부처이며, 참된 계율이다.

나는 양심에 어긋나는

* 눈부신 하루를 시작하는 나의 다짐 *

중도의 길

괴로움이 생기는 이유는 둘 중 하나다. 좋은 것에 집착하여 가지려고 애쓰지만 가질 수 없을 때 괴롭고, 싫은 것을 너무 증오해서 거부하려고 애쓰지만 계속 함께해야 할 때 괴롭다. 양극단에 치우치면 늘 괴롭다. 그러나 좋은 것에도 과도하게 집착하지 않고, 싫은 것도 과도하게 거부하지 않으며, 취하거나 버리려는 두 극단에서 놓여나게 된다면 더 이상 괴로움은 생길 자리가 없다. 이것이 바로 중도(中道)의 길이다.

불법(佛法) 공부는 취하거나 버리지 않는 공부다. 취하거나 버리려 애쓸 때는 에너지가 낭비되고 힘만 빼게 된다. 그러나 둘로 나누지 않는 불이중도(不二中道)의 길은 무위(無爲)로써 전혀 힘쓰지 않고도 내가 그 상황의 중심에 서게 된다. 고요한 태풍의 핵 속에 자리 잡고 상황을 주도하게 되는 것이다. 힘의 낭비 없이 강력한 힘의 중심이 된다.

좋은 것도 갖지 말고 싫은 것도 갖지 마라.

좋은 것에는 욕심이, 싫은 것에는 증오가 뒤따른다.

좋고 싫은 것은 곧 괴로움을 동반한다.

좋거나 싫다고 해석하지 말고 양극을 중도적으로 수용하라.

좋은 것도 갖지

* 눈부신 하루를 시작하는 나의 다짐 *

훈습

당신 주변에는 어떤 사람들이 있는가? 주위를 채우고 있는 이들을 보면 내 의식 수준을 알 수 있다. 내가 만나는 사람들이 곧 내 운명을 좌우한다. 삶은 훈습(薰習)되는 학습의 장이기 때문이다. 훈습이란, 마치 향을 피우면 저절로 향 내음이 몸에 배는 것처럼 주변 사람들에게 나도 모르게 영향을 받게 되는 것을 말한다. 특히 가까운 사람일수록 많은 영향을 끼친다. 바른 선지식, 바른 도반과 함께하면, 그리고 마음속에서 그를 존경하고 믿고 의지하면 그것이 강력한 훈습을 가져온다.

마음공부란 사실 훈습하는 공부다. 부처님과 부처님의 가르침과 바른 스승을 굳게 믿고 따를 때 저절로 스승의 정신적인 파동을 훈습하게 된다. 스승의 확장된 의식과 깨달음이 저절로 자연스럽게 내 의식에 스며들게 된다. 이것이 참된 공부다.

주변 사람들은 나도 모르는 사이에 큰 영향을 끼친다.
향을 피우면 저절로 향 내음이 배는 것처럼,
바른 스승을 믿고 따르면 스승의 깨달음을 훈습하게 된다.
자연스럽게 스승의 가르침에 훈습되어가는 것,
이것이 마음공부다.

주변 사람들은

* 눈부신 하루를 시작하는 나의 다짐 *

구속

누구에게도 과도하게 의지하지 마라. 설령 가족이라 할지라도 그들 역시 자기 업에 따라 존재해 있을 뿐이다. 누구에게나 독자적인 자기만의 삶이 있다. 업에 따라 자기 길을 걸을 뿐, 타인에게 의지할 필요는 없다. 그들이 내 아내이거나 자식, 부모이기 때문에 당연히 의지한다고 하지 마라. 가족 또한 이생에서 주어진 인연일 뿐, 영원한 것은 아니다. 자식이라고 하더라도 그들의 삶에 과도하게 간섭해선 안 된다. 부모의 역할은 충실히 하되, 자녀를 '내 소유'처럼 생각지 마라. 그들 또한 그들 나름의 인연의 길에 따른 자기만의 삶이 있음을 인정해줘라.
사랑하되 지나치게 간섭하지 말고, 돌보되 과도하게 구속하지 마라. 함께 살더라도 주도적인 자신만의 생의 꽃을 피워낼 수 있도록 독립적인 공간을 허용해줘라.

가족을 비롯한 그 누구에게도 과도하게 의지하거나
나에게 무언가 해주기를 바라지 마라.
그들도 업에 따라 자신의 삶을 살고 있을 뿐이다.
누구나 자기 영화의 주인공이지 조연이 아니다.

가족을 비롯한

* 눈부신 하루를 시작하는 나의 다짐 *

내맡기고 흐르기

내가 원하는 대로 모든 것을 다 할 수 있는 그런 세상이 있을까? 내가 원하는 만큼 다 얻을 수 있는 그런 세상은 없다. 인간의 욕구와 바람은 끝이 없기 때문이다. 삶은 삶 그 자체의 법칙에 따라 흘러간다. 거기에 '이렇게 살고 싶다', '저렇게 살고 싶다' 하고 바라게 되면, 현 상황과 바라는 바의 간격만큼 괴로움이 찾아온다. 편안함을 갈구할수록 더욱 불편해지고, 안정을 원할수록 삶은 더욱 불안해질 뿐이다.

편안과 안정에 대한 욕구를 내려놓고, 다만 삶 자체의 인연 법칙에 내맡겨보라. 흘러가는 삶에 이의를 달지 말고, 그 흐름에 나를 얹어놓고 함께 흘러가기를 선택해보라. 바로 그때 삶과의 다툼과 투쟁이 끝나고 비로소 온전한 평화와 안정이 찾아온다. 내가 원하는 대로가 아닌, 삶이 원하는 대로 내맡기고 흘러가라.

편안함을 갈구할수록 더욱 불편해지고,

안정을 갈구할수록 삶은 더욱 불안해진다.

편안, 안정에 대한 욕구를 놓아버릴 때 삶은 순조롭다.

내가 원하는 대로가 아닌, 삶이 원하는 대로

내맡기고 흘러가라.

편안함을 갈구할수록

* 눈부신 하루를 시작하는 나의 다짐 *

거울

나로 인해 상대방이 경험하게 되는 그것이 곧 내가 앞으로 경험하게 될 현실을 말해준다. 내가 직장 동료, 친구, 이웃에게 무엇을 체험하게 하느냐에 따라 내가 앞으로 삶에서 무엇을 체험할지가 결정된다. 내가 만나는 이에게 사랑과 기쁨을 경험하게 해주면 삶은 사랑과 기쁨으로 넘칠 것이다. 내가 상대방에게 행하는 모든 행위가 곧 나의 미래에게 행하는 일이다. 왜 그럴까? 우리 모두는 분리되어 있지 않기 때문이다.

우리 모두는 낱낱이 떨어져 있는 개별성의 존재가 아닌 '하나임'의 존재다. 마치 꿈속에 온갖 사람과 사물과 스토리가 있지만 그 모든 꿈속의 삶이 사실은 '꿈꾸는 자' 하나의 것이듯. 그러므로 상대방에게 행하는 것이 바로 나 자신에게 행하는 일이다. 바라는 것이 있다면 그것을 상대방에게 먼저 행하라. 그러면 받게 될 것이다.

일체 모든 존재가 둘이 아니기에

상대에게 행하는 것이 곧 나에게 행하는 것이다.

남을 돕는 일이 곧 나를 돕는 일이다.

상대방이 경험하는 것들이 곧 내가 경험할 현실이다.

일체 모든 존재가

* 눈부신 하루를 시작하는 나의 다짐 *

종결짓기

어떤 한 가지 일이 끝나면 마음에서도 완전히 정리를 하고 넘어가라. 분노나 원망스러운 일이 일어나 괴롭더라도 그때가 다하면 거기에서 종결지을 수 있어야 한다. 미워하는 사람은 떠나고 없는데 여전히 원망의 마음을 품고 있지는 않은가? 사랑하는 이는 이미 떠나갔는데 아직도 미련을 품고 있지는 않은가? 그 감정을 거기에서 끝내버려라. 다음 순간까지 끌어안고 가게 되면 그 마음이 내 삶을 다치게 한다. 그 마음이 끝날 때까지 계속해서 영향을 받게 될 것이다.

마음을 어디에도 머물게 하지 마라. 머물지 않고 마음을 내는 사람은 오직 그때만 괴로울 뿐, 다음 순간에 원점으로 쉬 돌아올 수 있다. 그러나 머물러 집착하는 사람은 괴로움이 지나가도 여전히 그 괴로움에서 벗어나지 못한다. 종결짓는 이는 얽매임이 없어 늘 자유롭다.

지혜로운 이는 괴로우면 오직 그때만 괴로울 뿐
그다음 순간에 다시 평상심으로 돌아오지만,
어리석은 이는 그때도 괴롭고 지나가도 여전히 괴롭다.
즐거워하고 괴로워하되, 거기에 오래 머물러 있지 마라.

지혜로운 이는

* 눈부신 하루를 시작하는 나의 다짐 *

만남

옷깃만 스쳐도 500생의 인연이라는 말이 있다. 그 말은 500번 윤회를 하며 만났다는 말이 아니라, 우리가 삶에서 만나는 모든 이가 그만큼 지중하고도 가족처럼 깊은 인연이라는 뜻이다. 지금 단 한 번의 마주침 속에는 500생, 아니 그 이상의 무량한 인연이 깃들어 있다.

우리는 매 순간 모든 존재와 무량수 무량광의 깊은 연결성으로 맺어진 한 가족이다. 아니, 그들이 곧 나 자신이다. 내가 만나는 모든 이가 한 바탕의 우주에서는 전부 내 어머니이고, 아내이며, 아들이고, 딸이다. 이 우주가 사실은 둘로 나뉘는 것 없는 한 바탕이고, 한마음이며, 나 자신으로 하나이기 때문이다. 이생에서의 역할은 다만 어젯밤 꿈속의 배역에 불과할 뿐이다. 너는 곧 나다.

옷깃만 스쳐도 인연이라고 하듯,

단 한 번의 만남도 가족과의 만남처럼 깊다.

단 한 번 스침이 곧 무량한 세월의 나툼이다.

만나는 모든 이가 가족이며, 나 자신이다.

옷깃만 스쳐도

* 눈부신 하루를 시작하는 나의 다짐 *

절대적 신념

이것만은 전적으로 옳다고 생각하며 절대적으로 고수하겠다고 여기는 신념이나 교리가 있다면, 그것이 당신의 삶을 제한하며 구속시키고 말 것이다. 강하게 옳다고 집착하는 생각이 '정말' 옳을지라도, 당신의 삶을 그 틀 속에 가두는 역할을 할 뿐이다. 뿐만 아니라 내 생각이 전적으로 옳다고 여기면, 내 생각과 다른 상대방을 틀리게 만들고 만다.

옳고 그르다는 둘로 나뉘는 생각에서 다툼이 생겨난다. 아무리 옳은 생각일지라도 거기에 집착하는 순간 그 생각은 옳지 않은 것이 되어버린다. 절대적으로 고수할 수 있는 것은 어디에도 없다. 어느 한쪽만이 절대적으로 옳다거나 그르다는 생각에서 놓여나라. 그랬을 때 다툼이 없는 무쟁삼매(無諍三昧)가 깃든다. 그 누구와도 다투지 않고, 활짝 열린 가슴으로 무한한 지혜와 사랑이 파도쳐 들어오게 될 것이다.

어느 한쪽만 전적으로 옳을 수는 없다.

절대적으로 옳은 것은 상대를 틀리게 만들고 만다.

그랬을 때 나뉨과 다툼과 투쟁이 뒤따른다.

절대적으로 옳거나 그르다는 생각에서 놓여날 때

다툼이 없는 무쟁삼매가 깃든다.

어느 한쪽만

* 눈부신 하루를 시작하는 나의 다짐 *

스트레스

어떻게 하면 스트레스를 잘 다룰 수 있을까? 스트레스와 싸우지 않고, 스트레스를 피해 도망치지 않을 때 가능해진다. 즉 스트레스와 맞붙어서 그것을 대상으로 어떤 조치를 취하려고 하지 않아야 한다. 스트레스가 올 때 그것이 오도록 그냥 내버려두는 것이다. 무심해지는 것이다.

그것이 오고 싶을 때 와서 머물고 싶을 만큼 머물다가 가고 싶을 때 가는 것을 허락해줘라. 스트레스는 외부의 적이 아니라, 내가 스스로 만들어낸 또 하나의 내면 에너지이기 때문에 그것을 대상으로 싸우려는 것은 곧 내가 나와 싸우는 것과 같다. 공연히 힘만 빼는 일이다. 스트레스가 오는 것을 내버려둬라. 스트레스를 '받지' 말고 '받아들여'라. 스트레스를 받으면 괴롭지만, 받아들이면 힘을 못 쓰고 곧 사라진다.

적당한 스트레스는 필수 불가결한 삶의 요소다.

스트레스 없는 삶을 꿈꾸지 마라.

스트레스를 '받지' 말고 '받아들여' 보라.

스트레스를 받으면 괴롭지만, 받아들이면 금세 사라진다.

적당한 스트레스는

* 눈부신 하루를 시작하는 나의 다짐 *

허용

수행은 끊임없이 올라오는 생각과 망상을 끊어 없애는 노력이 아니다. 생각은 자연스럽게 올라오는 것이다. 그것은 어쩔 수 없다. 응무소주 이생기심(應無所住 而生其心), 다만 망상이 올라오더라도 그 생각에 머물러 집착하거나, 그 뜻을 따라가면서 생각의 더미를 키우지만 마라. 생각과 욕구, 번뇌 등이 올라올 때, 그것들이 거기에서 일어나고 있음을 그저 알아차리고 인정해주어라.

마음공부란 번뇌 망상과 분별심을 없애는 공부가 아니다. 오만가지 분별심이 다 일어나면서도 머묾이 없어 하나도 일어나지 않는 자리에 서는 것이다. 생각이 일어나지만 일어난 바가 없어지는 것이다. 그러려면 망상 분별과 싸울 것이 아니라 오히려 일어나도록 허용해주어야 한다. 허용은 하되 끌려가지 않으면 된다. 생각과 싸우는 대신 가볍게 지켜보고, 그저 흘려보내라.

내면에서 올라오는 생각, 욕구, 바람, 번뇌 등을

너무 심각하게 귀담아듣지 마라.

생각과 번뇌를 끊어 없앨 필요는 없다.

일어나도록 허용은 하되, 끌려가지만 마라.

내면에서 올라오는

* 눈부신 하루를 시작하는 나의 다짐 *

어떻게 보는가

흔히 우리는 어떤 사람 자체를 문제라거나 나쁜 사람으로 규정짓곤 한다. 그러나 정해진 것은 어디에도 없다. 사기꾼이라고 할지라도 자신이 믿고 사랑하는 이에게는 사기를 치지 않는다. 사기꾼이 문제인 것이 아니라 내가 그 사람을 사기꾼이라고 낙인찍고 바라볼 때 그 사람은 내게 와서 사기꾼이 될 뿐이다.

교육심리학에서 '피그말리온 효과'라고 부르는 현상이 있다. 실제 능력과 상관없이 교사가 성적이 향상될 것이라고 기대한 사람에게서 좋은 성적이 나오는 현상이다. 반면 기대가 없는 학습자의 성적이 떨어지는 것을 '골렘 효과'라고 한다. 이처럼 내가 어떻게 바라보느냐에 따라 그가 내게 어떤 사람이 될지가 결정된다.

중요한 것은 상대가 아니라 나 자신이다. 내 주변에 어떤 사람이 많은지가 아니라 내가 어떤 사람인지가 더 중요하다.

내가 누군가를 문젯거리로 바라볼 때,
그 사람은 내게 와서 문제가 된다.
누구와 있는가보다 더 중요한 것은
내가 그들을 어떻게 보는가다.

내가 누군가를

* 눈부신 하루를 시작하는 나의 다짐 *

무한성

어머니가 집 앞에서 뛰어놀고 있는 아들을 불렀다. 그런데 아이가 어머니를 향해 뛰어오다가 그만 차에 치이고 말았다. 놀란 어머니가 아들을 향해 달려가 차를 힘껏 들어 올리고 아이를 구해냈다. 아들이 차에 치인 순간 어머니의 머릿속에는 '내가 저 차를 들 수 있을까? 얼마나 무거울까?' 등의 그 어떤 분별도 있지 않았다. 그저 아무 생각 없이 즉각적으로 행동했을 뿐이다.

스스로 자신의 능력을 한정 짓고 제한하는 분별심을 일으키지 않는다면, 우리의 능력은 무한하다. 스스로 자신의 능력을 한정하기에 제한된 삶을 살 뿐이다. 결국 내 능력도 나 스스로 만드는 것이다. 자기 한정의 늪에서 벗어날 때 우리는 무한과 만난다.

'난 안 돼'라고 자기 능력을 한정 짓게 되면
스스로 만들어놓은 그 한계를 뛰어넘지 못한다.
본래 인간의 능력은 무한하지만 스스로 제한시켰을 뿐이다.
자기 한정의 관념에서 벗어날 때 무한과 만난다.

'난 안 돼'라고

* 눈부신 하루를 시작하는 나의 다짐 *

연기적 인재

텔레비전 오디션 프로그램을 보면 노래를 가수처럼 잘 부르는 사람이 떨어지는가 하면, 별로 잘 부르지는 않더라도 자기만의 색깔과 개성, 기성 가수 같지 않은 독창성이 있는 사람이 붙기도 한다. 이것은 오디션뿐 아니라, 사회의 모든 분야에서도 마찬가지다. 기업의 면접 가운데는 창의성 면접이라는 것도 있다고 한다. 또 철학과 인문학, 사회학, 과학 등을 접목시킨 인재를 창의 융합형 인재라고 한다.

옛날에는 하나만 깊이 파면 되는 시대였다면, 요즘은 다양한 분야를 접목해서 생각할 줄 알고, 그 연결성 가운데서 새로운 것을 창조해낼 수 있는 창의적이고 융합, 통섭, 연기적인 사람을 미래의 인재라고 부른다. 기존의 것을 그대로 공부하고 베끼기만 하는 것이 아니라, 나답게 새로운 조화와 연결로써 또 다른 창조를 해내는 것이다. 연결성과 창의성, 이것이야말로 새로운 시대가 요구하는 인재다.

자기다운 독창성과 상호 연결성이야말로 새로운 인재상이다.
한 분야만이 아닌 전체를 자기다운 시각으로 연결할 줄 아는
융합, 통섭, 연기적인 창조야말로 시대적인 요청이다.
전체를 지혜롭게 통찰하여 삶 위에 우주를 담으라.

자기다운 독창성과

* 눈부신 하루를 시작하는 나의 다짐 *

칭찬과 비난

이 세상 수많은 사람 가운데 누군가가 나를 욕하고 비난하는 것은 아주 자연스러운 일이다. 충분히 그럴 수도 있는 일이지, 절대로 안 된다거나 화가 나는 일인 것은 아니다. 부처님도 온갖 비방과 욕설을 들었지만, 휘둘리지 않았을 뿐이다. 부처님께서는 독이 담긴 음식을 잘 차려 놓았더라도 내가 먹지 않는다면 그 음식은 차린 자의 것이듯, 상대방이 비난을 해도 내가 받지 않으면 그건 그의 것이라고 하셨다. 비난에 괴로워하거나 칭찬에 들뜨는 것도 모두 내 선택일 뿐이다.

우리는 그 어떤 말에 휘둘릴 수도 있고 휘둘리지 않을 수도 있는 주도적인 존재다. 말은 그저 하나의 소리 파동일 뿐, 그 말을 해석하는 것은 내 의식이 하는 것이다. 그저 소리의 파동으로 들을 뿐 비난이라고 해석하지 않을 수도 있다. 말뜻을 따라가지만 않으면 된다.

나쁜 소문과 비난에 크게 좌절하지도 말고,

칭찬과 찬사를 크게 바라지도 마라.

칭찬과 비난, 양쪽 모두를 통해 균형 있게 배우라.

말뜻에 속지 않는다면, 칭찬도 비난도

한낱 소리 파동일 뿐이다.

나쁜 소문과

* 눈부신 하루를 시작하는 나의 다짐 *

업과 보

상대를 무시하면 마음속에 상대를 낮게 보는 마음이 연습되고, 우주는 내가 연습한 것을 그대로 삶에 등장시킨다. 무시하면 무시받고, 존중하면 존중받는다. 그것이 업보(業報)요, 공명(共鳴)의 법칙이다. 공명이란 비슷한 파장을 가진 사람과 일을 끌어당기는 유유상종의 법칙이다.
남들을 습관적으로 무시하는 사람이 부서를 옮기면 그 부서의 상사가 그를 무시할 것이다. 마음을 일으킬 때 그 마음은 이 우주법계로 퍼져나간다. 이것이 업(業)이다. 그러면 언젠가 시절인연을 만날 때 내게서 나간 것과 동일한 파동이 내게로 되돌아온다. 그것이 보(報), 업보다. 자업자득(自業自得), 즉 업도, 운명도, 팔자도 내가 만들고 내가 받을 뿐이다. 지금 내게서 나가는 마음의 파동을 잘 살펴보라. 그것이 곧 내가 받게 될 것이다!

상대방을 무시하면 머지않아 무시당할 일이 벌어진다.
상대를 멸시하는 것은 곧 나 자신을 멸시하는 것이다.
무시하는 습관은 업이 되어 나를 무시하는 누군가를 끌어온다.
나에게서 나가는 것이 업, 내게 돌아오는 것이 보!

상대방을 무시하면

* 눈부신 하루를 시작하는 나의 다짐 *

집착과 추구

우리 삶에서 영원히 지속되는 것이 있을까? 삶도, 소유물도, 사랑도, 행복도, 관념도, 그 어떤 것도 영원한 것은 없다. 만약 영원한 것이 있다면 그것을 붙잡아 집착하라. 그러나 영원한 것은 없으니 집착할 것 또한 없다. 이것이 삶의 진실이다.

그럼에도 불구하고 우리는 끊임없이 집착한다. 진실이 아닌 것에 목숨을 건다. 돈, 명예, 권력, 지위, 사랑, 사람, 소유물 등에 사로잡힌다. 그러나 그런 것들은 영원하지 않기에 한 번 왔다가 갈 뿐이다. 그것에 집착하는 이상, 그것을 얻어서 생겨난 행복은 그것을 잃을 때 사라질 수밖에 없다. 그런 행복은 참된 것이 아니다.

참된 행복은 모든 집착과 추구를 내려놓는 데서 온다. 집착과 추구가 없으면 과도한 힘의 낭비 없이 자연스럽게 주어진 삶을 타고 논다.

집착할 만한 가치가 있는 것이라면 집착하라.
영원히 계속되는 것이라면 집착할 가치가 있다.
그러나 영원한 것은 없으니 집착할 것도 없다.
모든 집착과 추구가 사라질 때 영원을 만나게 되리라.

집착할 만한 가치가

* 눈부신 하루를 시작하는 나의 다짐 *

3장

세상을 바라봅니다

이래도 좋다

자신의 삶을 돌아보라. '절대로', '반드시', '결코'라는 말을 자주 사용하는가? '반드시' 이래야만 한다고 생각하면 그렇게 되지 않았을 때 괴롭다. '절대로' 그것만은 안 된다고 여긴다면 그렇게 되었을 때 절망하고 말 것이다. 이런 말 대신 '이래도 좋고, 저래도 좋다'거나, '이럴 수도 있고, 저럴 수도 있다'는 말로 바꾸어보라. 세상일은 이럴 수도 있고, 저럴 수도 있는 것이지 않은가. 내가 아무리 반드시 이래야 한다고 할지라도 세상일은 내 뜻대로만 되지 않는다. 언제나 세상의 법칙을 받아들일 준비를 하고, 우주의 순리에 내맡겨야 한다. 그래야 극단적으로 집착하지 않는 데서 오는 자유로움과 두려움 없는 편안함을 느낄 수 있다. 극단이 아닌 중도와 억지스럽지 않은 무위의 삶이 춤을 춘다.

'반드시' 해야만 하는 그 어떤 것도 없고,

'절대로' 하지 말아야 할 그 어떤 것도 없을 때

극단적인 집착이 없는 중도와 무위가 드러난다.

이래도 좋고 저래도 좋은 하릴없는 삶이 흐른다.

'반드시' 해야만

* 눈부신 하루를 시작하는 나의 다짐 *

부자

부자가 되고 싶은가? 그렇다면 미친 듯이 돈 벌고, 경제 기사를 스크랩하고, 주식 동향을 살피고, 아파트 값에 민감하게 반응하는 등 부(富)를 모으는 방식에만 빠져 있지 말고, 작은 결과라도 먼저 만들어내라. 충분히 풍요로움을 느끼고 만끽해보는 것이다.

돈을 많이 벌면 기분이 어떨까? 결핍감은 사라지고 풍요를 느낄 것이다. 돈 때문에 쩔쩔매지도 않을 것이고, 이웃과 함께 나누며 충분히 그 풍요를 누릴 수도 있다. 또한 집착과 욕망 대신 감사와 만족이 자리하게 된다. 이처럼 마음에서 먼저 만족과 감사로 풍요로워질 때 현실 또한 부유하게 바뀐다. 우주는 내가 마음에서 만들어내는 것을 계속해서 보내준다. 외부에서 얻어지는 것은 없다. 모든 것은 내부에서 먼저 이루어질 뿐. 내부에서 이루어진 것이 시절인연을 만날 때 외부로 드러난다.

부자 되기를 너무 과하게 바라면 오히려 가난해지기 쉽다.
부자 되기를 바라는 것은 지금은 가난하다는 것을 뜻하기에
곧 결핍과 가난을 연습하는 것과 같다.
작은 부유함일지라도 누리고 만족할 때 더 큰 부가 찾아온다.

부자 되기를

* 눈부신 하루를 시작하는 나의 다짐 *

텅 빈 견해

자신의 생각이 전적으로 옳다고 여겨 집착하게 되면, 그로 인해 나도 괴롭고 남도 괴롭다. '내가 옳다'는 생각에 사로잡히면 그것이 아무리 옳은 생각일지라도 더 이상 옳지 않은 것이 된다. 정말로 옳은 생각이라 할지라도 거기에 과도하게 집착하지는 마라. 나의 생각은 옳거나 그른 생각이 아니라, 다만 하나의 생각일 뿐이다.

이 세상에는 전적으로 옳거나 그른 길은 없다. 서로 다른 길이 있을 뿐.

불교는 어떤 특정한 '견해'를 내세우는 종교가 아니다. 불교에는 그 어떤 견해도 없다. 그저 일체 모든 견해를 내려놓도록 이끌지, 그 어떤 견해를 내세우지 않는다. 모든 견해는 그저 의식이 만들어낸 환상이기 때문이다. 식이요, 분별심이기 때문이다. 모든 분별심을 내려놓을 때 삶의 진실이 드러난다.

나만이 옳다는 생각이야말로 가장 틀린 생각이다.

어떤 것도 전적으로 옳거나 그르지 않다.

내 길도 하나의 길일 뿐 유일한 길은 아니다.

어떤 특정한 '옳은 견해'가 아닌, '텅 빈 견해'를 따르다.

일체의 견해를 내려놓을 뿐, 그 어떤 것에도 사로잡히지 마라.

나만이 옳다는

* 눈부신 하루를 시작하는 나의 다짐 *

구도의 길

수행이나 명상, 참선과 기도를 통해서만 영적으로 성장하고 깨달음을 얻을 수 있다는 생각은 뿌리 깊은 착각 중 하나다. 진리는 특정한 수행이 아닌 평범한 삶 그 자체를 통해 온다. 각자에게 주어진 삶이야말로 최고의 스승이다.

많은 이들이 삶을 회피하거나 건너뛰어 초월하는 것이 구도자가 나아갈 길이라고 굳게 믿고 있는 듯하다. 오히려 그 반대다. 구도의 길이란 삶으로부터의 회피가 아닌 우리 눈앞에 펼쳐진 삶 그 자체다.

우주법계는 저마다에게 주어진 특별한 삶을 통해 자신을 깨닫도록 완벽한 깨달음의 자원들을 준비해두고 있다. 삶을 피하지 않고 받아들여 정면으로 마주하고 분별없이 보는 것이야말로 최상의 수행이요, 명상이다.

주어진 삶에서 벗어나려 애쓰지 마라. 삶 그 자체를 통해 깨달으라. 색즉시공(色卽是空), 현실(色)이 곧 진실(空)이고 진여(眞如)다.

진리가 삶에 등장하는 방식은 언제나 평범한 일상을 통해서다.

평범한 일상 바로 그 자리에 비범한 진리가 있다.

색즉시공, 현실이 그대로 진실이다.

있는 그대로 이렇게 드러나 있는 현실, 그것이 진여다.

진리가 삶에 등장하는

* 눈부신 하루를 시작하는 나의 다짐 *

자연불

인간도, 자연도, 우주도 세상만사 전부가 모조리 진리를 드러내고 있다. 불어오는 바람이 두 뺨을 스칠 때 법신의 숨결을 본다. 봄에 피어나는 꽃 한 송이에서 장엄한 화엄(華嚴)의 만다라가 피어난다. 나무 한 그루, 풀 한 포기, 풀벌레의 노랫소리, 이 모든 것이 깨달음을 매 순간 드러내고 있다. 자연이라는 이 장엄한 붓다들은 그렇게 피어나 있을 뿐, 다른 그 무엇과도 자신을 비교하지 않는다.

자연 속에서 평안함을 느끼는 이유가 여기에 있다. 꽃과 나무, 풀벌레와 나비는 자기 생각 속에 갇혀 있지 않다. 바람과 하늘은 생각하지 않는다. 풀벌레는 서로 비교하지 않는다. 자연은 그대로 자연불(自然佛)이다. 자연과 깊이 교감하라. 자연 속에서 자연과 하나되어 생각을 잊을 때, 내가 곧 자연이 되고, 내가 곧 부처가 된다.

바람, 구름, 꽃, 나무, 들풀, 바다, 풀벌레….

모든 자연은 자연의 형상을 한

붓다의 화현이요, 신의 나툼이다.

자연과 교감하고 하나될 때

사실은 부처와 하나되고 있는 것이다.

바람, 구름, 꽃, 나무,

* 눈부신 하루를 시작하는 나의 다짐 *

놓아버림

선행과 보시를 하면 그것을 자랑하고 싶은 마음이 생긴다. 잘했다는 상(相)이 생기는 것이다. 하지만 선행을 주위에 떠벌리는 순간, 사람들로부터 "그래, 너 잘났다"라는 말을 듣는 결과로 끝나기 쉽다.

선행, 보시, 수행을 하는 것은 좋지만 그것이 이 우주법계로 아름답게 회향되기 위해서는 그것을 했다는 상이 없어야 한다. 사실은 해도 한 것이 아니기 때문이다. 내가 보시를 했다는 관념을 만들어낸 거지, 사실은 있어야 할 것이 있어야 할 그 자리로 갔을 뿐이다.

끊임없이 선행을 닦으라. 다만 하되 한 바가 없이 행하라. 머무는 바 없이 행하라. 하고도 한 바가 없이 놓아버리면 보석처럼 빛나지만, 제 입으로 드러내는 순간 사라지고 만다. 선행을 하고도 숨기면 우주가 그것을 드러내지만, 제 입으로 자랑을 하면 그 공덕은 축소된다.

선행을 하고, 보시를 하고, 수행을 하고 나면
반드시 그것을 했다는 상을 놓아버려라.
놓아버리면 보석처럼 빛나지만 드러내면 사라진다.
하되 한 바가 없이 행하는 것이야말로 수행자의 자세다.

선행을 하고,

* 눈부신 하루를 시작하는 나의 다짐 *

참된 진실

눈에 보이는 대상만 볼 수 있는 것이 아니다. 귀에 들리는 소리만 들을 수 있는 것이 아니다. 우리의 눈, 귀, 코, 혀, 몸, 뜻으로 감지되지 않는 대상 너머에, 들리지 않고 보이지 않지만 그럼에도 분명하게 확인되고 체험되는 것이 있다. 감각기관으로 인식되는 것들 너머에 우리의 존재와 이 우주의 배경을 이루는 바탕, 근원적인 진리가 있다.

그것은 대상이 아니기에 보고 듣고 만질 수는 없다. 어떤 특정한 대상이 아닌, 너와 내가 없는 하나로서 전체다. 그렇기에 따로 떨어져 있지 않아 가깝다. '이것'은 바로 여기에 있다. 그러니 이것을 깨닫기는 어렵지 않다. 내가 바로 그것이기 때문이다. 이 참된 진실을 깨닫겠노라는 발심과 애정, 깊은 관심으로 간절히 원할 때, 시절인연이 무르익으면 저 너머에서 소식이 올 것이다.

내면에서 파도치는 소리 너머의 소리를 듣고,
우주를 장엄하는 연주 너머의 연주를 들으라.
생각 너머 침묵의 배경에 늘 있는 참된 진실을 그리워하라.
간절히 원할 때, 시절인연이 되면 저 너머에서
소식이 올 것이다.

내면에서 파도치는

* 눈부신 하루를 시작하는 나의 다짐 *

아픔

아플 때는 다만 그 아픔을 있는 그대로 바라보고 관찰하라. 아픔에 대해 이렇게 저렇게 판단하거나 해석하거나 단죄하려 들지 마라. 아픔을 느낄지언정 아픔에 대해 생각하지는 말라는 것이다.

아프다고 생각하기 시작하면 왜 아플까, 과거에 무언가를 잘못해서 그런 걸까, 어떻게 하면 나을 수 있을까 등 온갖 생각들이 일어나 아픔 때문에 아프고, 꼬리를 물고 일어난 아프다는 생각으로 더욱더 아파질 뿐이다. 이것이 바로 두 번째 화살이다.

아프다는 생각에 빠져 있으면 병은 계속된다. 아픈 순간 우리가 할 수 있는 것은 단지 지금 이대로의 아픔을 아파하는 것밖에 없다. 생각과 판단을 내려놓은 채, 있는 그대로 아파하는 것이야말로 아픔에서 자유로워지는 치유의 첫발이다.

아플 때는 그저 맨 느낌으로 아파하라. 아픔과 함께 있으라.

아픔에 대해 판단하고 단죄하지 마라.

아픔에 대해 해석하고 생각할 때, 두 번째 화살을 맞을 때,

아픈 느낌 때문에 아프고

아픔에 대한 생각 때문에 더 아파진다.

아플 때는 그저

* 눈부신 하루를 시작하는 나의 다짐 *

문제

우리는 보통 문제가 생기면 그 문제를 해결하기 위해 외부를 바꾸려고 애쓴다. 바깥의 상황이나 상대를 바꾸려고 한다. 그러나 모든 문제는 바깥이 아닌 내부로부터 시작된다. 일체유심조(一切唯心造)이며, 삼계유심(三界唯心)이다.

문제 해결을 위해 외부를 끌어들이지 말고, 나의 책임을 바로 보라. 사실 모든 문제는 마음의 문제일 뿐이다. 그때 비로소 문제 해결의 열쇠와 그 문제를 풀 힘 또한 나로부터 나온다. 문제를 외부 상황으로 여기면 당연히 문제를 해결할 힘도 외부에 있다고 여기게 되어 내 힘은 축소되고 만다. 그러면 문제는 전혀 해결되지 않는다. 내면의 변화야말로 외부의 변화를 이끄는 가장 강력한 힘이다. 스스로 책임질 때 비로소 문제는 해결되기 시작한다.

문제를 해결하기 위해 외부를 바꾸려 애쓰지 마라.

오히려 나의 마음을 바로 보라.

문제를 해결할 힘은 바깥이 아닌 나로부터 나온다.

스스로 책임질 때 비로소 문제는 해결되기 시작한다.

문제를 해결하기

* 눈부신 하루를 시작하는 나의 다짐 *

연결

『식물의 정신세계』라는 책에는 식물을 연구하는 학자가 수백 킬로미터 떨어진 다른 도시에서 교통사고가 날 뻔한 바로 그 순간, 연구실에 있던 식물의 검류계(檢流計) 파장이 급격하게 진동했다는 내용이 쓰여 있다. 즉 연구소의 식물과 연구원이 연결되어 있음을 밝힌 것이다.

물리학자 라즐로는 진주만 공습 당시 해군 포병으로 참가했던 피실험자들의 입에서 백혈구 세포를 채취, 몇백 킬로미터 떨어진 지점으로 옮겨 배양체에 거짓말 탐지기를 부착하였다. 그리고 피실험자들에게 진주만 공습에 대한 TV 프로그램을 보여주자, 세포들이 마치 피실험자에게 여전히 부착된 것처럼 격렬하게 반응을 보인 사실을 밝혀냈다.

이처럼 세상 모든 것은 서로 연결되어 있다. 마음을 일으킬 때 그 마음은 우주 끝까지 전달된다. 자기 삶이라고 함부로 해서는 안 된다. 삶은 개인적인 것이 아니라 우주적인 것이기 때문이다.

자기 삶이라고 제멋대로 행동해서는 안 된다.

우린 누구나 우주와 연결되어 있기에

존재 자체만으로 타인에게 영향을 끼치고 있다.

삶은 개인적인 것이 아니라 우주적인 것이다.

자기 삶이라고

* 눈부신 하루를 시작하는 나의 다짐 *

헛된 세계

무집착이란 매 순간 일어나는 생각에 집착하지 않는 것이다. 한 생각 일어날 때 그 생각을 분명히 바라봄으로써 생각을 하면서도 그 생각에 끌려가지 않는 것이다. 생각을 그저 내버려두면 꼬리에 꼬리를 물고 덩치를 키우게 된다. 내가 아무런 의도를 하지 않더라도 생각은 저 스스로 생명력을 가지고 몸집을 부풀린다.

바로 그 생각과 분별 망상들이 허망한 세계를 꾸며낸다. 그로 인해 있는 그대로의 세계를 바라보는 것이 아니라, 생각과 분별심이 거짓으로 꾸며낸 세계를 진짜라고 믿으며 그 세계 속에 갇히게 된다. 생생한 진짜 세계를 사는 대신 허망한 생각 속 가짜 세계에서 길을 잃고 만다. 진실을 모르고 사는 것이다. 생각이 일어날 때 생각이 일어났음을 있는 그대로 바라보라. 바라보면 사라진다. 분별이 사라지면 진실이 드러난다.

생각을 굴려 덩치를 키우지 마라.

생각은 저 스스로 몸집을 부풀려 헛된 세계를 꾸며낸다.

생각이 일어나면 곧바로 알아차리라.

알아차린 그 자리에 진실이 드러날 것이니.

생각을 굴려

* 눈부신 하루를 시작하는 나의 다짐 *

현재

우리는 지금보다 더 나은 삶을 추구한다. 더 많은 돈을 벌기를 바라고, 더 크게 성공하기를 바라며, 끊임없이 더 많은 것을 이루길 바란다. 이런 추구를 멈추지 않는다. 그러나 추구한다는 것은 곧 지금이 아닌 미래를 기다리는 것이다. '지금 이 순간'이라는 완벽하고도 완전한 순간을 외면하는 것이다. 사실은 지금 이 순간이야말로 내가 그토록 바라던 그 모든 일들이 이루어지는 순간이다.

우리 모두는 매 순간 도착해 있다. 매 순간이 완벽하며 완전하다. 행복은 언젠가 찾아오는 것이 아니다. 없는 행복을 추구하지 말고 지금 여기에 갖추어진 행복을 누리고 만끽하라. 완전한 행복은 이미 우리 곁에 와 있다. 미래를 향한 기다림을 놓아버리고 지금 여기라는 현재에 발 딛고 서라.

기다리지 마라.

언제나 매 순간 도착해 있으라.

미래에 대한 기다림을 놓아버리고 현재에 닻을 내리라.

지금 이 자리야말로 모든 기다림이 완성된 순간이다.

기다리지 마라.

* 눈부신 하루를 시작하는 나의 다짐 *

자연

숲이란, 자연이란 그대로 우리의 스승이고, 한 분의 선지식이다. 숲길을 걷다 보면 마치 어머니의 품속처럼 깊은 휴식을 취하게 된다. 자연 그대로의 숲은 억지스럽지 않고 있는 그대로 드러나 있을 뿐, 인위적이고 가공된 무엇이 없다. 그런 자연과 하나가 되어 교감할 때 우리들 또한 본연의 자연스러운 본성을 회복하게 된다. 유유상종, 공명의 법칙처럼 함께하는 것들은 서로 같은 파동으로 진동한다.

자연과 가까운 사람은 자기 안의 자연 성품에도 가깝다. 사실 존재 자체가 그대로 숲이며, 자연이다. 그래서 선지식은 곧 한 분의 자연이다. 무위(無爲)로 행하기에 자연스러워 낭비나 억지가 없다. 대자연의 숲길과 수행자의 길이 다르지 않다. 자연을 가까이하면 자기 안의 자연 성품을 만날 수 있다. 자기만의 숲길을 만들어보라. 그 위에서 스승을 만나라.

자연은 그대로 한 분의 스승이고, 선지식이다.
자연과 교감할 때 우리 안의 자연스러운 본성 또한 회복된다.
선지식은 자연과 닮아 있어 억지스럽지 않고 자연스럽다.
나만의 산책 숲길을 만들어 그 길에서 스승을 만나라.

자연은 그대로

* 눈부신 하루를 시작하는 나의 다짐 *

모를 뿐

‘똑같은 강물에 두 번 목욕할 수 없다’는 말처럼 우리는 똑같은 순간을 두 번 다시 마주할 수 없다. 삶은 끊임없이 변화하며 흐른다. 그런데 우리는 어떤 상황과 마주하면 생각이 순식간에 과거로 달려가 지금과 비슷했던 기억을 끄집어낸 뒤, 지금 이 순간의 현재를 과거의 특정 기억과 똑같다고 규정짓는다. 그럼으로써 난생처음 보는 새로운 경험을 과거와 똑같은 경험이라고 동일시한다. 그렇게 되면 현재는 별로 중요하지 않은 것이 된다. 이미 아는 것에는 관심을 기울이지 않기 때문이다.

이런 방식으로 우리는 현재를 죽이고 있다. 생각과 기억을 반복 경험함으로써 생생한 현재는 뒷전으로 밀쳐두고 머릿속 허망한 세계를 살아간다. ‘모를 뿐’의 마음으로 현재를 생경하게 경험해보라. 난생처음 보는 눈부신 하루가 눈앞에 놀라운 선물을 선사해줄 것이다.

매 순간은 언제나 완전히 새로운 첫 경험이다.

한순간도 똑같은 일이 반복되지 않는다.

안다고 함으로써 새로운 경험을 익숙한 과거로 가두지 마라.

'모름'을 받아들일 때 삶은 매 순간 새롭게 깨어난다.

매 순간은 언제나

* 눈부신 하루를 시작하는 나의 다짐 *

존귀함

발아래 꽃을 바라보기 위해 고개를 숙였다가 날아오는 화살을 피할 수도 있고, 불쑥 나타난 도로 위 짐승을 피하려다가 사고가 날 수도 있다. 내 운명을 쥐고 있는 것이 반드시 인간이기만 한 것은 아니다. 이 우주의 모든 유정물과 무정물이 나와 연결되어 있다. 어느 하나도 하찮은 것이 없다. 사람이 소중한 것처럼, 나무와 풀과 산과 흙과, 심지어 자동차와 의자와 집과 컴퓨터 또한 소중하다.

사랑하는 사람 앞에 섰을 때처럼, 존경하는 스승 앞에 섰을 때처럼 그런 마음으로 모든 존재 앞에 서라. 세상 모든 것들을 공경, 존중, 찬탄하는 마음을 가지고, 나와 다르지 않다는 연대 의식을 갖는다면 그 마음이 바로 나 자신을 드높이게 된다. 세상을 존귀하게 여길 때 나 또한 우주로부터 존귀한 대접을 받는다.

사랑하는 사람을 대하듯, 존경하는 스승을 대하듯,

부처님을 대면하듯 일체 모든 존재를 대하라.

심지어 풀과 나무와 동물과 적들에게조차.

세상을 존귀하게 여길 때 우주로부터 존귀한 대접을 받는다.

사랑하는 사람을

* 눈부신 하루를 시작하는 나의 다짐 *

만족

『요범사훈(了凡思訓)』에 따르면, “좋은 음식을 먹을 사람이 하루 먹지 않으면 그 음식을 천지신령에게 하루 공양하는 것이 된다”고 했다. 어차피 살 물건이라면 될 수 있는 한 그 시기를 늦추고, 늦춘 시간만큼 그것을 갖고 싶어 하는 마음을 지켜보라. 마음을 지켜볼 때, 내 안에 숨겨져 있는 욕심의 덩어리들이 선명하게 보이기 시작할 것이다. 그리고 그 마음속에 들어 있던 것이 그리 대단한 것이 아니었음을 보게 될 것이다.

갖고 싶은 것이 있어도 조금 더 기다려보라. 먹고 싶은 것이 있을 때마다 손쉽게 사 먹는 일을 줄여보라. 하루이틀 미루는 가운데 공덕이 깃든다. 아끼고 절약하며 작고 적은 것에 만족하는 마음이야말로 풍요와 부유한 마음이다. 바로 그 풍요로운 마음에 복이 깃든다. 참된 공덕은 바로 그러한 내면의 마음에서 만들어진다.

갖고 싶은 것이 있어도 조금 더 기다려보라.

입고 싶은 것, 먹고 싶은 것이 있어도 잠시 미루어보라.

잠시 묵히고 미루는 가운데 복이 깃든다.

아끼고 절약하는 삶 자체가 풍요와 공덕을 끌어온다.

갖고 싶은 것이

＊눈부신 하루를 시작하는 나의 다짐＊

침묵

참된 침묵은 말이 없는 것이 아니다. 내면에서 끊임없이 올라오는 온갖 생각과 분별 망상이 고요한 상태에 있는 것이다. 그러나 이 설명 또한 맞지 않다. 참된 침묵은 온갖 생각을 다 하면서도 그 생각에 끄달려 가지 않음으로써 생각한 바가 없으며, 할 말은 다 하면서도 그 말이라는 상에 사로잡히지 않음으로써 말해도 말한 바가 없기 때문이다.
끊임없이 생산되는 생각과 말의 의미를 따라가면서 울고 웃고, 근심을 만들고 기쁨을 만들어내는 이는 결코 참된 고요와 쉼에 이를 수 없다. 그렇다고 억지로 말을 줄이고, 생각을 없애려 할 필요는 없다. 그런다고 말과 생각을 없앨 수는 없기 때문이다. 다만 본래의 자기를 확인하면 말과 생각을 하면서도 그 한 바가 저절로 사라진다. 말을 들으면서도 그 의미에 끄달려 가지 않는다.

시냇물은 큰 소리를 내지만 거대한 강은 조용하다.
빈 병은 요란하지만 꽉 찬 병은 소리를 내지 않는다.
지혜로운 이는 깊은 연못의 심연처럼 침묵한다.
참된 침묵은 말이 없는 것이 아니라, 생각이 쉬어진 상태다.

시냇물은 큰 소리를

* 눈부신 하루를 시작하는 나의 다짐 *

창조의 비밀

모든 풍요와 부를 불러일으키는 진언(眞言)은 바로 '만족'과 '자족'이다. 만족은 외적 상황에서 오는 것이 아니라 내적인 마음에서 온다. 적게 소유할지라도 거기에 만족할 때 우리 마음에는 풍요와 부유함이 연습된다. 그렇게 되면 풍요로운 마음이 우주와 연결되고 우주는 풍요롭게 해주는 모든 것들을 당신의 삶 앞에 등장시킬 것이다.

마음에서 연습한 것은 언제나 삶에서도 드러나게 마련이다. 이것이 바로 일체유심조(一切唯心造)의 도리다. 왜 그럴까? 내 마음이 곧 이 우주와 다르지 않기 때문이다. 그러니 우리는 세상을 바꾸고, 내 삶의 조건들을 바꾸려고 애쓸 필요가 없다. 내 마음만 바꾸면 나머지는 알아서, 저절로 바뀐다. 마음이 곧 외부이기 때문이다. 지금 여기에서 만족하는 마음이 곧 만족스러운 미래를 창조해낸다.

지금 여기서 만족하지 못하면 미래에도 만족은 없다.

만족은 특정한 상황에서 오는 것이 아니다.

만족하는 마음이야말로 유일한 조건이다.

더욱이 만족하는 마음은 만족스러운 삶을 창조해낸다.

지금 여기서

* 눈부신 하루를 시작하는 나의 다짐 *

진리가 원하는 대로

내가 원하는 대로 만사가 돌아가야 한다는 건 얼마나 터무니없는 생각인가? 그 생각이야말로 스스로를 옭아매고 괴롭히는 주범이다. 물론 뜻하는 바를 원하고 계획하며 그것을 향해 매 순간 열정적으로 일을 해나가는 것은 중요하다. 그러나 그 계획대로만 착착 진행되어야 한다는 생각은 내려놓아라. 그 계획은 될 때도 있고, 안 될 때도 있다. 원하는 대로 되는 것도 좋고, 안 되는 것도 좋다.

만약 원하는 대로 되지 않는다면, 그것 아닌 다른 방식을 통해 깨닫고 배울 기회임을 받아들이라. 내가 원하는 바가 없어야 진리가 원하는 대로 삶이 운행된다. 이것이야말로 진정한 '내맡김'의 삶이다. 내가 원하는 대로 안 되는 듯 보이더라도, 궁극에는 나의 근원이 원하는 대로 운행될 것이다. 턱 내맡기고 나면 삶은 자연스럽게 흐른다.

내가 원하는 대로 만사가 돌아가야 한다는

터무니없는 생각에서 벗어나라.

내가 원하는 바가 없어야 진리가 원하는 대로 돌아간다.

내 뜻대로가 아니라 우주법계의 뜻에 모든 것을 맡기라.

내가 원하는 대로

* 눈부신 하루를 시작하는 나의 다짐 *

긍정

같은 말이라도 긍정적으로 할 수 있고 부정적으로도 할 수 있다. “공부 안 하면 대학에도 못 가”라는 부정의 말보다 “공부 열심히 해서 원하는 대학에 가자”라는 말이 더 긍정적이다. 부정적인 말을 많이 하면 부정적인 삶이 연습된다.

진급에 대한 대화를 나눌 때도, 그 사람은 진급하지 말았어야 했다거나 진급을 위해 나쁜 짓을 했다는 이야기, 진급 못 하면 어쩌지 하는 부정적인 인식에 초점을 맞출 수도 있고, 반면에 진급을 하게 되면 어떤 열정을 꽃피우고 싶은지 등에 대한 긍정적인 인식에 초점을 맞출 수도 있다. 전자는 진급에서 낙선되는 현실을, 후자는 진급 그 자체를 이끌어오게 될 것이다. 부정적인 생각은 두려움을 가져오고 두려워하는 것이 창조되지만, 긍정적인 생각은 기쁨을 가져오고 기뻐하는 상황 또한 창조된다.

부정적인 말보다는 긍정적인 말을 써라.

"나쁜 짓 자꾸 하면 지옥 간다"보다는

"착한 행동을 많이 하면 천상 간다"가 훨씬 긍정적이다.

같은 의미라면, 가능한 긍정적 언어를 찾아보라.

부정적인 말보다는

* 눈부신 하루를 시작하는 나의 다짐 *

남 탓

부모는 자식들이 공부를 안 하거나, 결혼 후에 자주 찾아오지 않거나, 용돈을 적게 주거나 하는 등의 이유로 속상해하거나 괴로워한다. 심지어 자식이 늘 골칫거리라고 말한다. 자식 탓, 며느리 탓, 성적 탓 등 남 탓이 끊임없이 이어진다.

사실 내가 얼마나 공부가 되었는지를 살펴볼 수 있는 중요한 질문은 '모든 문제는 내 탓'이라는 데 동의할 수 있는가 하는 것이다. 나 스스로 고정관념을 세워놓고 그 상(相)에 자식을, 세상을 끼워 맞추려고 하기 때문에 괴로운 것이다. 그것은 내 안의 상이 만든 것이지 자식이 만든 게 아니다. 그 상, 고정관념은 남들과 비교 분별하는 데서 생긴다. 남들과 비교 분별하지 않으면 상이 생기지 않는다. 스스로 만든 상에 얽매여 나와 남을 괴롭히지 마라.

세상을 골칫거리로 만드는 것은 나다.

내가 세상을 상대로 문제를 만들어내기를 멈추면

세상도 나를 뒤흔들지 않는다.

스스로 만든 상에 얽매여 나와 남을 괴롭히지 마라.

세상을 골칫거리로

* 눈부신 하루를 시작하는 나의 다짐 *

최악과 최선

최악의 상황은 최선의 상황으로 변화될 가능성이 가장 높은 순간이다. 언제나 극과 극은 연결되어 있다. 최악의 상황에서 최고의 영적 각성이 일어날 수 있다. 최악의 상황이야말로 변화와 깨어남의 메시지다.

깨달음도 마찬가지다. 깨닫고야 말겠다는 강력한 의지를 가지고 치열하게 수행하는 동안 깨달음은 오지 않는다. 아무리 해도 안 된다는 사실을 깨닫고, 이 공부는 내가 어찌해서 되는 문제가 아니라는 사실에 절망한 채 두 손 두 발 다 놓고 포기하는 순간, 비로소 문득 깨어난다.

어떻게 해야 할지 도무지 모르겠고, 꽉 막히고, 할 수 있는 일도 없고, 방법도 없고, 넋 놓고 절망하게 될 때 바로 그때가 진정 살아날 기회다. 최악을 맞닥뜨리면 잠시 바닥에서 절망하라. 받아들여 아파하라. 바닥을 치는 순간 저절로 튀어오를 동력이 주어진다. 저절로 답이 나온다.

최악의 상황은 언제나 최선의 상황과 맞붙어 있다.
바닥을 치는 순간 오히려 변화와 도약이 가능해진다.
넋 놓고 절망하는 바로 그때가 진정 살아날 기회다.
바닥에서 충분히 절망할 때 문득 최선의 답이 찾아온다.

최악의 상황은

* 눈부신 하루를 시작하는 나의 다짐 *

나라는 창조주

자기 삶이라고 제멋대로 행동해서는 안 된다. 우리는 누구나 우주 전체와 인다라망 그물코처럼 서로 연결되어 있으며, 존재 자체만으로 타인에게 영향을 끼치고 있다. 근원에서 나와 세상, 나와 우주는 서로 다르지 않은 하나이기에 내가 하는 행동, 말, 생각 하나하나가 그대로 온 우주와 공명한다. 내가 생각 하나를 일으킬 때 그 생각은 곧장 우주 끝까지 연결된다. 그리고 온 우주에 영향을 미친다.

사실 우리는 매 순간 이 우주를 공동 창조하고 있는 것이나 다름없다. 내 바깥에 조물주나 창조주가 따로 있는 것이 아니라 내가 바로 창조자다. 전 우주적인 책임감을 가지고 말 한마디, 생각 하나, 행동 하나를 행하라. 행위는 곧 창조다. 업(業)은 곧 행위이며, 우리는 행위를 통해 자기 업보(業報)를 만들어내고, 동시에 이 우주를 공업(共業)으로써 함께 창조하고 있다.

우리는 이 우주 전체와 미세한 그물코로 연결되어 있다.

연결되어 있기에 존재 자체로 타인에게 영향을 끼친다.

영향 정도가 아니라, 사실은 이 우주를 공동 창조하고 있다.

창조주는 저 위에서 내려다보는 분이 아니라

바로 나 자신이다.

우리는 이 우주

* 눈부신 하루를 시작하는 나의 다짐 *

믿고 맡기기

내가 원하는 방식대로 삶을 조종해나가려는 모든 시도를 멈추라. 자연스럽게 흐르는 삶이라는 다르마(法)를 완전히 받아들이라. 우주법계의 흐름에 모든 것을 믿고 맡길 때 비로소 모든 두려움은 사라지고, 무한한 감사와 자유가 깃든다.

무언가 새로운 것을 꿈꾸는 그 모든 의도를 내려놓고 지금 이대로 존재해보라. 지금 이대로의 삶이야말로 나를 위한 최선이며, 최고의 깨달음을 위한 완벽한 과정임을 받아들이라. 힘을 빼고 그 흐름에 들라. 삶의 파동 위에 나를 얹어놓으라. 법계가 연주하는 리듬에 나를 내맡기라. 그 우주적인 삶의 리듬과 나의 파동이 일치될 때 우주와 나의 파동이 공명하며 놀라운 시너지 효과를 일으킨다. 내 삶의 비전과 우주의 비전이 일치하면서 내 일이 곧 우주의 일이 되는 것이다. 내가 곧 법계가 된다.

삶이란 거대한 흐름에서 벗어나려 애쓰지 마라.

그저 힘을 뺀 채 삶의 파동을 타고 함께 춤추라.

우주와 나의 파동이 일치될 때

그 공명은 놀라운 시너지를 낸다.

내가 하는 모든 일에서 우주의 도움을 받게 될 것이다.

삶이란 거대한

* 눈부신 하루를 시작하는 나의 다짐 *

연기적 관계

볼펜은 전봇대 옆에서는 짧고, 성냥개비 옆에서는 길다. 길다는 것은 짧은 것이 있어야만 성립할 수 있는 분별의 개념일 뿐 실체가 아니다. 그 둘은 상호 의존적인 연기의 관계다. 겉으로 보기에는 둘이지만 사실은 '하나'다. 이것이 없으면 저것도 없다. 이처럼 이 우주의 모든 것들은 연기적 관계이기에 근원에서는 나뉘지 않는 전체로서 '하나'다.

꿈속에서는 모든 것들이 다 따로 있어도 꿈에서 깨면 모두가 하나의 꿈인 것과 같다. 하나라면 그 누구와 싸울 것도 없고, 욕심낼 것도 없다. 이것이 곧 그것이다. 내가 곧 우주다. 중생이 곧 부처다. 기도 중에 부처님을 친견하거나 불교 성지를 찾아간다고 하더라도 실상은 내가 나 자신을 본 것일 뿐이다. 나 하나만이 있기 때문이다. 새로 발견되는 것은 없다. 늘 있는 이 하나의 마음이 언제나 있을 뿐이다.

긴 것은 짧은 것이 있어야만 성립되는 연기적 관계다.

길고 짧은 것은 둘처럼 보일 뿐 사실은 하나다.

이 우주의 모든 것이 사실은 이처럼 하나다.

모든 곳에서 다만 이 하나의 마음이 확인될 뿐,

다른 것은 없다.

긴 것은 짧은 것이

＊눈부신 하루를 시작하는 나의 다짐＊

참된 베풂

상(相) 없이 베푸는 것을 무주상보시(無住相布施)라고 한다. 보시를 하고 나서 내가 보시했다는 상이 남아 있지 않은 보시가 가장 큰 보시다. 무주상보시는 그저 줄 뿐, 받을 것을 염두에 두지 않는다. 그렇기에 받는 사람도 부담이 없어 기쁘고, 주는 사람도 가볍다. 그러니 갚지 못할 사람에게 베푸는 공덕이 가장 뛰어나다 할 수밖에.

직장의 청소부 아주머님께, 혹은 버스 기사나 톨게이트 매표원에게 따뜻한 커피 한잔을 건네보라. 매월 일정액을 보시해보라. 텔레비전에 나오는 불우 이웃을 위해 모금 전화를 걸어보라. 응원의 메시지와 함께 좋은 책 한 권을 힘들어하는 동료의 책상에 올려놓아보라. 갚을 수 없는 이들에게 실천하는 보시는 곧 이 우주법계를 향한 보시이며, 법신 부처님께 올리는 공양이다. 그 어떤 상도 없기 때문이다.

갚지 못할 사람에게 베푸는 공덕이 가장 뛰어나다.
버스 기사, 톨게이트 매표원, 청소부 아주머님과
따뜻한 차 한잔, 감사의 인사 한마디를 나누어보라.
바라는 바 없는 순수한 베풂은 부처님께 올리는 공양이다.

갚지 못할 사람에게

* 눈부신 하루를 시작하는 나의 다짐 *

믿는 대로 이룬다

세상은 자기 규정이다. 내가 세상을 어떻게 규정짓는가에 따라서 그 세상이 내 앞에 펼쳐진다. 나는 어떤 사람이라고 스스로 생각하는가? 내가 나 자신을 어떻게 여기는지가 진짜 내가 어떤 사람인지를 결정짓는 중요한 키워드가 된다. 내 삶은 내가 믿는 바대로 이루어진다. 내가 어떤 일을 안 하거나 못해서 능력이 없다고 믿는 것은 스스로를 그런 존재로 창조하고 있는 것이다.

지금 당신은 세상이 어떤 곳이라고 믿고 있는가? 바로 그 믿음대로 내가 살아가는 나의 세상이 만들어진다. 내가 나의 우주, 나의 세상, 나의 삶을 만들어내는 것이지, 누가 만들어주는 것이 아니다. 이 세상은 오직 내 마음이 나타난 것일 뿐이다. 삼계유심(三界唯心), 만법유식(萬法唯識), 심생즉종종법생(心生則種種法生)이 바로 그것이다.

나는 나를 어떤 사람이라고 생각하는가?
사랑스럽다고 여기면 사랑스런 삶이 펼쳐진다.
능력 있다고 믿으면 능력 있는 사람이 된다.
자신을 규정하는 방식대로 삶은 결정된다.

나는 나를 어떤

* 눈부신 하루를 시작하는 나의 다짐 *

4장

오롯이 기도합니다

발원

원(願)을 세우는 것은 순수하게 간절히 원한다는 뜻이다. 원하는 것은 어떤 방식으로든 현실에 흔적을 남긴다. 가장 강력한 발원(發願)은 결과에 대한 집착 없이 순수하게 마음을 내는 것이다. 그러한 원은 강력한 힘을 지닌다. 스쳐 지나가는 생각조차 그냥 없어지지 않는다. 어떤 방식이든 그 결과를 현실로 드러낸다. 하물며 간절하게 집착 없이 마음을 내게 된다면 그것은 반드시 현실로 이루어진다.

가능하면 크고 밝고 원만하며 이타적인 원을 세워라. 다만 그 원이 반드시 이루어져야 한다는, 결과에 대한 집착은 내려놓아라. 그저 원을 세우고 나아갈 뿐, 결과는 우주에 맡겨라. 그때 원의 힘은 가장 강력해진다. 돼도 좋고 안 돼도 좋다는 마음이기에, 잘 안 되면 어쩌지 하는 두려움이 없다. 두려움 없이 바라는 바를 순수하게 저질러 행할 때 당신은 가장 강력해진다.

간절히 원하면, 원을 세우면
어떤 방식으로든 반드시 현실에서 실현된다.
가능하다면 크고 밝고 이타적인 원을 세워라.
그러나 다만 원을 세울 뿐, 결과는 우주에 맡겨라.

간절히 원하면,

* 눈부신 하루를 시작하는 나의 다짐 *

무분별

운전 중에 앞차가 갑자기 끼어드는 것은 중립적인 일이다. 그러나 마음은 문제를 양산해낸다. 먼저 감정이 앞장서서 화를 일으키고, 연이어 생각도 적극 나서서 거든다. '저런 몹쓸 사람 같으니라고!' 욕구는 한발 더 나아간다. '경적을 길게 울리고, 실컷 욕설을 퍼부으라고!' 이런 감정과 생각, 욕구의 즉각적인 행동을 종합하여 분별심은 결론 내리듯 말한다. '나쁜 녀석! 나를 우습게 본단 말이지. 한 방 먹여줘야겠군.' 어쩌면 싸움이 붙어 경찰서까지 가거나 병원 신세를 질지도 모른다.

이처럼 별것 아닌 일에도 온갖 문제를 양산해내는 망상 공장이 바로 생각이다. 생각은 끊임없이 망상을 확대시킨다. 스스로 만든 온갖 생각들에 좋고 싫고, 옳고 그르다는 판결을 내린다. 그리고 그 판결에 스스로 짓눌린다. 판단 분별을 멈추면 있는 그대로의 진실이 보인다.

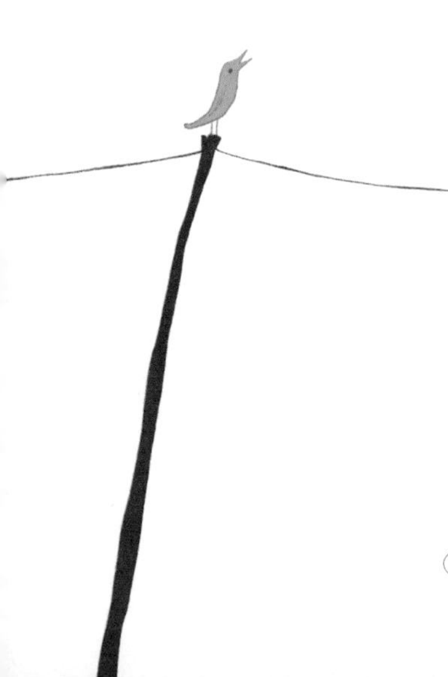

현실은 언제나 중립적이어서

좋고 나쁜 것이 없다.

다만 내가 현실에 대해 좋거나 나쁘다고 판단할 뿐!

판단과 분별이 멈출 때 참된 평화가 깃든다.

현실은 언제나

* 눈부신 하루를 시작하는 나의 다짐 *

눈앞

지금 눈앞에 무엇이 있는가? 지금 여기에 있는 것, 그것이 전부다. 지금 여기에 있는 것만이 진짜로 있는 것이고, 지금 여기에 없는 것은 없는 것이다. 생각으로 저기를 생각하고, 거기를 생각하고, 그때를 생각해봐야 생각이 만들어낸 환상일 뿐, 그런 것은 없다. 지금 여기에 있는 것, 목전에 환히 드러나 있는 이것만이 전부임에도 우리는 지금 여기에 없는 것에만 관심이 가 있다. 과거에 사로잡히고, 미래에 얽매이며, 그 사람, 그 일 등 우리의 관심사는 온통 지금 여기에 없는 '그것'에 가 있다. 그것은 허상일 뿐, 진실은 '이것'뿐이다.

지금 여기에 없는 것을 생각하느라 지금 여기에 있는 것을 놓치지 마라. 여기에 없는 그것에 사로잡혀 지금 이미 있는 '이것'을 외면하지 마라. 지금 있는 이것, 여기에 깨어 있으라.

지금 여기, 목전에 있는 것만이 진짜로 있는 것이다.

지금 여기에 없는 것을 생각하느라

지금 여기에 있는 것을 놓치지 마라.

이렇게 펼쳐진 눈앞의 현실, 여기에 온 마음을 쏟아라.

지금 여기, 목전에

* 눈부신 하루를 시작하는 나의 다짐 *

망상

분별, 망상, 생각은 없애려고 애쓴다고 해서 없어지는 것이 아니다. 생각이 일어나는 것은 자연스러운 일이다. 다만 생각에 힘을 실어주고, 진짜라고 믿으며, 그 생각에 집착하면서부터 생각은 문제가 된다.

내가 망상에 힘을 주기 전까지 망상은 그저 중립적인 에너지일 뿐, 나를 휘두를 만한 아무런 힘도 없다. 사실 망상은 나에게서 나왔기에 그것과 싸우려 하는 것은 곧 나 자신과 싸우는 것과 같다. 내가 만든 환상을 실체화해서 그 환상과 내가 다시 싸우는 것이다. 망상도 나고, 싸우는 것도 나니 공연히 힘만 뺄 뿐 이길 수가 없다.

망상을 그저 내버려두라. 망상과는 힘겨루기를 할 필요가 없다. 망상이 일어나면 다만 알아차리라. 이렇거니 저렇거니 분별하지 말고 다만 있는 그대로 바라볼 때, 망상은 커나갈 동력을 잃고 사라져간다.

망상과 싸워 이기려 하지 마라.
망상이 거기에 그렇게 있다는 사실을 다만 알아차리라.
분별없이 다만 지켜볼 때, 망상은 나를 휘두르지 못한다.
망상이 힘을 가지는 유일한 때는 내가 망상에 힘을 줄 때다.

망상과 싸워

* 눈부신 하루를 시작하는 나의 다짐 *

일체유심조

『화엄경』의 핵심 가르침인 '일체유심조(一切唯心造)'에는 근기에 따른 세 가지 의미가 있다. 그 첫 번째는 마음이 일체의 삼라만상 현상 세계를 만든다는 것이다. 여기서 중요한 점은 그렇게 창조된 현상 세계는 실체가 아니라 인연 따라 잠시 왔다가 가는, 비실체적인 공(空)한 것일 뿐이라는 사실이다.

두 번째는 마음을 일으킴으로써 출세간의 깨달음에 이를 수 있다는 가르침이다. 마음을 내면 이루어진다는 말은 깨달음에도 해당되는 말이다. 깨달음은 마음을 낼 때, 즉 발심(發心)할 때 이루어진다.

세 번째로 근원적인 차원에서의 일체유심조의 의미가 있다. 여기서 마음은 본래면목, 불성을 의미한다. 본래면목이라는 이 마음자리에서 세상 모든 것이 나왔다는 것이다. '이것'이 모든 것의 배경이며, 이 마음 바깥에는 아무것도 없다.

일체유심조, 모든 것은 마음이 만든다.

마음이 조작하여 이 거대한 환상의 세계를 만들어낸다.

마음 위에서 세상 모든 것이 허망하게 일어나고 사라질 뿐,

마음 바깥에는 아무것도 없다.

일체유심조,

* 눈부신 하루를 시작하는 나의 다짐 *

지금 여기

미래를 준비하는 가장 좋은 방법은 지금 이 순간 최선을 다해 살아가는 것이다. 지금 이 순간이야말로 내가 바라던 그 모든 일이 이루어지는 순간이다. 자꾸 어디로 가려고 애쓰지 말고 지금 이 순간 이미 도착해 있음을 알아차리라. 내 삶의 보잘것없는 작은 일조차 내 삶의 완전한 목적이다. 그 어떤 사소한 일상일지라도 매 순간 온전히 거기에 있으라. 그 일을 내 삶의 전부인 것처럼 행하라. 매 순간에 놓여 있는 바로 그 일이야말로 내가 행해야 할 최종적인 목적지이며 도착지다.

우리는 언제나 지금 이 순간에 도착해 있다. 더 이상 가야 할 곳은 없다. 지금 여기에 모든 것이 드러나 있다. 이루어야 할 모든 것은 이미 다 이루어져 있다. 그것을 다른 곳에서 찾지 마라. '지금 여기'에 존재할 수만 있다면, 그 모든 보배를 당장에 보게 될 것이다.

목적지를 향해 달려가지 마라.

우린 언제나 도착해 있다.

내 삶의 최종 목적지는 '지금 이 순간'이다.

지금 여기에 이루어져야 할 모든 것이 이미 다 이루어져 있다.

목적지를 향해

* 눈부신 하루를 시작하는 나의 다짐 *

나와 세계

나와 남은 본래 없다. '나'라고 여기는 것과 '남' 혹은 '세상'이라고 여기는 것은 단지 내 안에서 일으킨 하나의 개념일 뿐이다. 이 세상은 오직 하나의 마음이다. 마음이라는 것 또한 하나의 방편으로 하는 말일 뿐, 이 세상은 텅 빈 공(空)이며, 광대무변한 불성(佛性)의 현현이며, 무한 권능의 아름다움이면서 동시에 아무것도 아니다. 이 텅 빈 공성, 허공의 무한 가능성을 우리 눈앞에 진짜인 것처럼 만들어내는 요술 방망이가 바로 우리의 마음이다.

마음에서 만들어진 것이 삶에서도 만들어진다. 외부 세계는 곧 내면의 마음과 일치한다. 우주도 나요, 사람들도 나고, 처한 상황이며 보고 듣고 맛보고 생각하는 그 모든 것이 바로 이 한마음에서 일어나는 환영일 뿐이다. 그러니 외부 세계를 바꾸고 싶다면 답은 간단하다. 바로 내 마음을 바꾸면 된다.

삶이라는 상황은 곧 내 마음의 외적 그림자다.

외부 세계는 곧 내면의 심상과 일치한다.

내가 처한 상황, 내가 만나는 사람, 그것이 바로 나다.

외부 세계를 바꾸고 싶다면 먼저 내 마음을 바꿔라.

삶이라는 상황은

* 눈부신 하루를 시작하는 나의 다짐 *

드러난 진실

지혜를 얻기 위해 책을 뒤지거나, 인터넷을 검색하느라 애쓸 필요는 없다. 지식은 거기에 있을지 모르지만, 지혜는 거기에 없다. 참된 지혜는 감춰져 있지 않다. 내 바깥에 있어서 어렵게 구하고 얻어야 하는 것이 아니다. 진리는 언제나 드러나 있다. 다만 우리의 분별 망상이 보이지 않도록 가리고 있을 뿐이다. 그 분별 망상을 없애고 지혜를 드러내는 방법을 수행이라고 하지만, 사실 방법은 없다. 진리는 이미 드러나 있고, 우리는 이미 진리 속에 있기 때문이다.

머리를 가지고 머리를 찾을 수 없듯, 진리는 추구하거나 얻어지는 것이 아니다. 다만 '이것', '이 자리', '이 순간'이 그대로 진리임을 확인하면 될 뿐이다. 그렇기에 진리를 추구하면 진리를 얻지 못한다. 모든 추구가 완전히 끝날 때 본래 있던 '이 진실'은 드러난다.

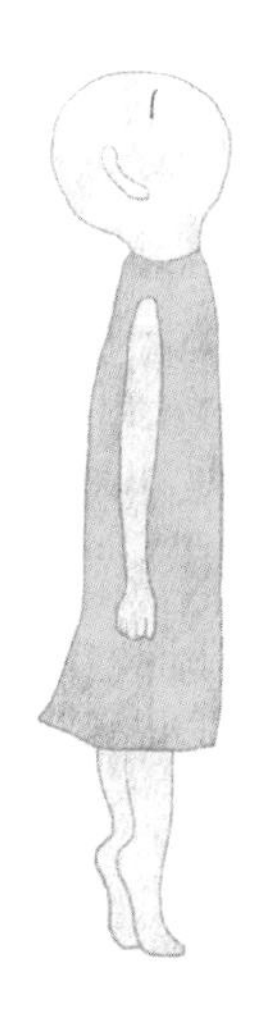

참된 지혜는 감춰져 있지 않다.

내 바깥에서 어렵게 구해야 하는 것도 아니다.

모든 진리는 지금 여기에 숨겨짐 없이 다 드러나 있다.

추구와 갈구가 끝날 때 도리어 진리는 드러난다.

참된 지혜는

* 눈부신 하루를 시작하는 나의 다짐 *

아상(我相)

나를 치장하는 겉껍데기는 무엇일까? 외모, 학벌, 키, 나이, 지위, 자동차, 아파트 같은 것들이다. 나를 규정짓고 나와 동일시하는 것들이 사실은 나 자신이 아니라 겉껍데기에 불과한 것이다. 잠시 머물렀다가 떠나가는 것들일 뿐이다. 젊었을 적 싱그럽던 외모도 나이가 듦에 따라 쪼글쪼글해지고, 높은 지위도 언젠가는 사라진다.
그런데 이런 허망한 껍데기를 꾸미는 이유는 뭘까? 그것을 통해 내가 어떤 사람인지 세상에 드러내고 싶기 때문이다. 껍데기 꾸미기에 관심이 많은 사람일수록 남들에게 어떻게 보일지에 민감하게 반응한다. 그러다 보니 삶의 중심에 타인이 있을 뿐 정작 자기 자신은 그 자리에 없다. 자기 자신을 진정 사랑하지 못하는 것이다. 겉껍데기에 속지 않을 때 참된 자신이 누구인지 묻게 되고, 진정 자신을 사랑하게 된다.

나 자신에게는 아무런 문제가 없다.

문제는 나를 치장하는 겉껍데기에서 생겨난다.

외모, 학벌, 성격, 지위, 소유물과 나를 동일시하지 마라.

껍데기에 속지 마라. 그것은 내가 아니다.

나 자신에게는

* 눈부신 하루를 시작하는 나의 다짐 *

깨달음도 없다

건강할 때는 그저 건강하게 살 뿐 건강한 자신을 보면서 기뻐하지는 않는다. 그저 아무 일 없이 살 뿐이다. 그러나 몸이 아프면 건강이라는 놀라운 경계가 따로 있다고 여기며 건강을 찾는다.
불교도 이와 같다. 불교에서 깨달음이라는 것은 곧 건강한 상태, 아무런 문제가 없는 상태다. 깨달은 자는 따로 건강한 상태, 깨달음의 상태라고 할 만한 무언가가 있다고 여기지 않는다. 본래무일물(本來無一物)임을 안다. 그저 건강하게 살 뿐.
그러나 눈먼 자에게 눈 뜨는 것이 엄청난 기쁨이듯, 병든 자에게 완쾌는 놀라운 순간이다. 견성도 이와 비슷하다. 견성의 순간, 깨달음이란 놀라운 경계가 따로 있다고 확신하며 한없는 기쁨을 느끼지만, 그 느낌은 곧 지나가고 아무 일 없는 평범한 상황이 된다. 깨달음이라는 특별한 경계가 따로 있다고 여기지 마라.

깨달음은 아무런 문제가 없는, 그저 평범한 상황이다.

건강한 이가 따로 건강을 찾지 않듯,

깨달은 자는 깨달음의 상태라 할 무언가를 따로 찾지 않는다.

그저 살 뿐, 깨달음이란 특별한 경계를 따로 찾지 마라.

깨달음은 아무런

* 눈부신 하루를 시작하는 나의 다짐 *

삶의 계획

우리가 머릿속에서 짜낸 생각은 상황을 전체적으로 보는 데 많은 한계를 가지고 있다. 생각은 단편적인 판단을 내릴 뿐 모든 것을 통섭하는 근원적인 해답을 내리지는 못한다. 그것이 바로 생각의 한계다.

그럼에도 우리는 생각을 과도하게 신뢰한다. 자기 머릿속에서 나온 의도대로 인생이 펼쳐져야 한다고 여긴다. 그것과 다른 일이 펼쳐지면 실패라고 여긴다. 그러나 성공과 실패라는 생각조차 내 머릿속에서 만들어진 하나의 가능성일 뿐, 그것이 진짜 성공인지는 알 수 없다.

생각을 신뢰하지 마라. 생각 너머를 보라. 이 우주법계야말로 언제나 무엇이 진정 나를 위한 것인지를 알고 있다. 이 평범한 삶이 바로 참된 진실이다. 바로 이 사실을 신뢰하라. 더 깊은 차원에서 우주는 우리를 위한 보이지 않는 더 큰 계획을 가지고 있음을 신뢰하라.

우리는 눈에 보이는 것이 잘되어야 잘된다고 생각하지만,

더 깊은 차원의 우주법계에서는

언제나 보이지 않는 더 큰 계획을 가지고 있다.

근원에서 펼쳐내는 진리의 계획을 믿어라.

그것이 바로 내게 주어진 삶이다.

우리는 눈에 보이는

* 눈부신 하루를 시작하는 나의 다짐 *

봄

수행, 명상, 참선이라는 것은 억지스럽게 인위적으로 하는 것이 아니다. 애쓰면서 작위적으로 하는 것은 참된 수행이라고 할 수 없다. 부처님께서도 6년간 고행을 하셨지만, 고행을 통해서 깨달을 수 없음을 깨닫고 중도를 통해 열반에 이르셨다.

억지로 생각을 고요히 하고, 번뇌 망상을 없애려고 피나는 노력을 할지라도 끊임없이 올라오는 생각을 이길 수는 없다. 생각과 싸워 이기려고 하면 할수록 생각은 더욱더 강하게 치솟을 뿐이다. 싸우려는 마음도, 싸움의 대상인 생각도 모두 내 안에서 만들어낸 환영이기 때문이다.

분별 망상과 싸워 이기려는 마음과, 분별 망상이라는 생각을 따라가는 두 극단을 내려놓고 자연스럽게 있는 그대로를 바라보라. 있는 그대로 보기 위해 애쓰지 말고, 그저 있는 그대로를 보라.

무언가를 성취하려는 마음으로

억지로 명상하고 참선하지 마라.

다만 '볼 뿐'이 되었을 때 참된 지혜가 드러난다.

보는 나도, 보이는 대상도 없이 다만 '봄'만이 있을 뿐.

무언가를 성취하려는

* 눈부신 하루를 시작하는 나의 다짐 *

참된 용서

참회 기도는 짧게 하고 끝내는 것이 좋다. 또한 '이제 참회가 되었다', '부처님은 이미 나를 용서해주셨다'는 마음으로 참회 기도를 해야 한다. 왜냐하면 부처님은, 진리의 근원에서는 이미 용서를 끝냈기 때문이다. 아니, 그 누구도 처벌하고 징벌할 아무런 의도가 없기 때문이다. 오직 끊임없이 자비로써 사랑하고 있을 뿐.

부처님과 우주법계의 진리는 단 한 번도 우리를 징벌할 마음이 없다. 모든 죄의 과보는 스스로 짓고 스스로 받을 뿐이다. 이 모두가 내 마음 안에서 일어나는 환상일 뿐이다. 이미 참회가 끝났다고 여긴다면, 참회 기도를 몇 년씩이고 계속할 아무런 이유가 없다. 짧게는 7일이나, 3·7일(21일), 아무리 길어도 100일 기도를 끝으로 참회가 끝났다고 굳게 믿고, 자신을 용서함으로써 끝내라. 그리고 새롭게 다시 시작하라.

저 하늘 위에서 내려다보며 응징하고 심판하는 '분'은 없다.
다만 마음 안에서 죄를 짓고, 죄의식에 사로잡혀 있을 뿐.
우주는 언제나 사랑으로 용서할 뿐 처벌하고 심판하지 않는다.
그러니 참회 기도는 짧게 끝내고 새롭게 다시 시작하라.

저 하늘 위에서

* 눈부신 하루를 시작하는 나의 다짐 *

평범한 수행자

부처님께서 사위성에 계실 때, 찟따핫타는 스님이 되면 힘든 일을 하지 않아도 음식을 마음껏 탁발해서 먹을 수 있겠다는 생각으로 비구가 되었다가 결국 승단의 생활이 지겨워 환속했다. 그러나 세속 일도 편치 않자 다시 출가했고, 이렇게 출가와 환속을 여섯 번이나 반복했다. 여섯 번째 환속했을 때 비로소 몸은 무상하고 집착할 만한 것이 없음을 깨닫고는 마지막으로 출가하여 수행 끝에 아라한과를 증득하였다.

찟따핫타야말로 평범한 우리들의 모습이 아닐까? 안이한 생각으로 출가했지만 오락가락하면서 조금씩 수행한 것으로나마 선근이 쌓여 결국 깨달음을 얻었으니 말이다. 마찬가지로 우리도 근기가 낮고 수행이 부족하다고 좌절할 것이 아니라, 조금씩 법문도 듣고 책도 읽으며 불법 인연을 키워가면 된다. 그 공부가 쌓여 결국 깨달음의 씨앗이 될 것이다.

깨달음은 근기 높은 수행자의 전유물이 아니다.

우리 모두에게 주어진 당연한 권리다.

깨닫고자 한다면 다만 간절히 깨닫겠다는 마음을 낸 뒤

꾸준히 바른 가르침에 젖어 들기만 하라.

깨달음은 근기 높은

* 눈부신 하루를 시작하는 나의 다짐 *

이미 완전한 나

우리는 스스로를 너무 괄시하고 있는 것 같다. 우리는 생각처럼 그렇게 못나거나, 능력이 없거나, 남들보다 못한 그런 존재가 아니다. 나라는 존재는 붓다의 파편이며, 진리라는 바다의 한 줄기 파도와도 같다. 나야말로 진리가 드러난 완전한 존재다. 내가 바로 부처요, 진리다. 그러나 우리는 그런 완전한 나를 무시하고 괄시하며 남들과 비교하기 때문에 나라는 존재의 진리성을 드러내지 못하고 있다.

그러면 어떻게 해야 할까? 지금 있는 그대로의 나 자신을 완전히 받아들여라. 지금 이대로가 아닌 또 다른 존재를 꿈꾸지 마라. 지금 이대로도 충분하다. 내가 나를 인정하지 않으면서부터 근원에서 멀어졌을 뿐이다. 다른 그 어떤 존재가 되려고 하지 마라. '나'라는 완전한 진리를 다만 드러내기만 하면 될 뿐이다. 당신이 바로 부처의 화신(化身)이다.

지금의 나 자신을 완전히 받아들여라.

그 어떤 다른 존재를 꿈꾸지 마라.

나야말로 진리가 나로서 드러난 완벽한 존재다.

내가 곧 부처님의 화신이다.

지금의 나 자신을

* 눈부신 하루를 시작하는 나의 다짐 *

나다운 길

누구나 가슴 뛰게 하는 자기만의 삶의 길이 있다. 고정된 실체로서 삶이 정해져 있다는 말이 아니다. 가장 자기다운 방식으로, 독자적으로 살아갈 수 있는 자신만의 삶이 있다는 것이다.

이 세상에 단 하나밖에 없는 외모, 성격, 삶의 스토리를 가지고 우리는 오늘도 나다운 방식으로 나만의 길을 걷고 있다. 그것이야말로 진리의 현현이다. 부처님의 숨결이 나로서 피어나는 것이다. 그렇기에 누구나 자기 자신의 삶 속에서 배우고 깨달아야 한다. 그것은 나만이 할 수 있는 일이다. 다른 사람의 길이 더 좋아 보인다고 그들의 삶을 기웃거리지 마라. 나 자신의 길을 자기답게 걷는 것이야말로 자기 부처를 완성하는 일이다. 나는 나로서 살기 위해 이 지구에 온 것임을 잊지 마라. 나는 이렇게 이미 완성되어 있다.

누구에게나 자기다운 독자적인 삶의 길이 있다.
남들과는 다른 나만의 사명과 배워야 할 것이 있다.
남들의 삶에 기웃거리지 말고, 내 삶의 의미를 찾으라.
나는 나답게 살기 위해 잠시 건너온 저 너머의 존재다.

누구에게나 자기다운

* 눈부신 하루를 시작하는 나의 다짐 *

참된 수행

참된 수행은 유위(有爲)가 아닌 무위(無爲)의, 위함이 없는 행(行)이다. 무위는 마음을 조절하고 통제하고 갈고 닦아서 깨끗한 마음으로 변화시키는 것이 아니다. 본래면목, 자성은 한 번도 더러워진 적이 없고 언제나 완전히 갖추어져 있기 때문이다.

불교에서는 언제나 유위의 수행 대신 발심(發心)을 강조한다. 마음을 내는 것, 그래서 마음공부다. 불교에서 많이 읽히는 핵심 경전인 『반야심경』, 『금강경』, 『육조단경』을 보더라도 수행하라는 말은 없다. 그러나 발심은 누차 강조하고 있다. 『금강경』에서는 '발아뇩다라삼먁삼보리'가 스물아홉 번이나 등장한다. 이것이 발보리심이며 발심이다.

깨닫겠노라고 간절히 발심했는데, 무위법이라 노력할 것도 없고 방법도 없어서 마음이 꽉 막히고 답답했는가. 그것이 바로 화두고, 의정이다.

선 수행의 본질은 수행이 아니라 발심에 있다.
다만 깨닫기를 간절히 발심할 뿐, 깨닫는 방법이나 길은 없다.
깨닫고자 발심했지만 방법도 없고 노력도 소용없으니,
이것이 바로 화두의 길이다.

선 수행의 본질은

* 눈부신 하루를 시작하는 나의 다짐 *

분별 이전

나를 포함한 모든 존재는 실제 있는 것이 아니라 생각 속에서 만들어낸 하나의 개념일 뿐이다. 이처럼 개념화된 모든 것을 '상(相)'이라고 한다. 그런데 상으로 개념화되지 않는 것이 있다. 대상을 보자마자 개념화되기 이전에 '이것'이 먼저 드러난다. 그러나 상, 즉 생각은 대상을 보면 곧장 과거의 기억 속에서 그 대상과 비슷한 것을 찾아내 비교함으로써 이름 짓고 개념화하는 분별에 성공한다. 대상을 보자마자 아는 '이것'이 분별심에 의해 가려지는 것이다.

흔히 '이것'은 불성, 본래면목, 자성 등으로 불리지만, 이 자리는 그 어떤 이름이나 개념이 붙을 수 없다. 생각으로도 헤아려지지 않는다. 어떤 소리를 들을 때 해석 없이 그저 소리의 파동으로 들어보라. 바라볼 때도 비교 분별하지 않고 그저 있는 그대로 바라보라. 분별없이 볼 때 본성이 확인된다.

세상 모든 것은 생각 속에서 만들어낸 하나의 개념일 뿐이다.
생각은 곧장 그 대상을 과거 기억 속 어떤 것과 비교 분별한다.
있는 그대로의 진실이 분별심에 의해 왜곡되는 것이다.
분별하기 이전, 있는 그대로 바라보면 참된 진실이 보인다.

세상 모든 것은

* 눈부신 하루를 시작하는 나의 다짐 *

그럼에도 사랑하라

삶은 언제나 완전하다. 심지어 최악의 잘못을 저지른 사람이라 할지라도 마찬가지다. 왜 그럴까? 인간은 그러한 수많은 잘못과 문제들을 통해 삶을 배우고 깨달아나가는 존재이기 때문이다. 잘못을 저지르고 욕심이 많더라도 그는 지금 낮은 단계에서 학습을 통해 배우고 있는 사람일 뿐이다. 이것이 바로 우리가 그 어떤 죄인일지라도 용서하며, 그 어떤 이라도 사랑해야 하는 이유다.

자비와 사랑에는 이유가 붙지 않는다. 무엇무엇 '때문에' 사랑하는 것이 아니라, 그 어떤 잘못이 있음에도 '불구하고' 사랑해야 한다. 사랑받을 만한 부분이 있어서 사랑하는 것이 아니라, 사랑받기 어려운 부분까지도 기꺼이 사랑해야 한다. '그렇기 때문에' 사랑하지 말고, '그럼에도 불구하고' 언제나 사랑하라. 사랑에는 조건이 없다. 그저 사랑할 뿐.

'그렇기 때문에' 사랑하지 마라.

'그럼에도 불구하고' 언제나 사랑하라.

사랑에 조건은 없다.

다만 사랑할 뿐!

'그렇기 때문에'

* 눈부신 하루를 시작하는 나의 다짐 *

본래 깨달음

마조 스님은 "도는 닦는 데 있는 것이 아니다. 닦아서 이룰 수 있는 도라면 언제고 다시 무너지게 마련이니, 그것은 성문의 도일 뿐이다"라고 했다. 그렇다. 도는 닦는 것이 아니다. 닦아서 이룰 수 있는 것이 도라면 닦는다는 인위적이고 작위적인 노력을 통해 없는 것을 얻어 가진 것이므로 언젠가는 무너질 수밖에 없다.

도는 노력을 통해 얻는 것이 아니다. 도는 어떤 대상이 아니기 때문이다. 도는 성취하는 것이 아니라 다만 확인하는 것이다. 얻기 위해서는 없는 것을 새롭게 얻어내기 위해 애쓰고 노력해야 하지만, 확인한다는 것은 이미 있는 것에 대해서 거기에 그렇게 있음을 다만 알아차리는 것일 뿐이다. 우리는 선이니 악이니 하고 둘로 나누어 분별하고 차별하는 망상심 때문에 있는 그대로의 도를 보지 못할 뿐이다.

도는 닦는 것이 아니다. 다만 확인하는 것이다.
깨달음은 만들어내는 것이 아니라 본래부터 주어진 것이다.
노력을 통해 새롭게 얻은 것은 노력이 없으면 사라지고 말지만,
있고 없음 너머에 본래부터 있던 참 성품은 결코 사라지지 않는다.

도는 닦는 것이

* 눈부신 하루를 시작하는 나의 다짐 *

부처와 중생

부처와 중생의 차이는 단순하다. 부처는 있는 그대로의 현실을 다만 있는 그대로 바라본다. 그러나 중생은 있는 그대로의 현실을 자기 식대로 왜곡하고, 해석하고, 판단해서 바라본다. '나'라는 주관을 세워놓고 나에게 이익이 되는지 손해가 되는지를 판단하고, 나에게 좋은지 나쁜지를 분별한다. 좋고 이익이 되겠다 싶으면 더 취하려고 집착하고, 싫고 손해가 되겠다 싶으면 거부하고 버리려고 애쓴다.

있는 그대로의 현실은 그저 있는 그대로 있을 뿐이다. 전혀 좋거나 나쁜 것도 아니고, 옳거나 그른 것도 아니다. 중립적이며, 그 어떤 가치로도 평가할 수 없는, 있는 그대로일 뿐이다. 해석하고 분별하고 판단하면서 왜곡하지만 않으면 눈앞의 모든 현실이 그대로 진실이다. 진리는 이대로의 현실을 떠난 다른 그 어디에도 없다.

부처는 있는 그대로를 있는 그대로 보고,

중생은 있는 그대로를 자기 식대로 왜곡해서 본다.

진리는 단순하다.

그저 '있는 그대로를 있는 그대로 보는 것'이다.

부처는 있는

* 눈부신 하루를 시작하는 나의 다짐 *

이뭣고?

이 세상이 실재하는 것 같고 진짜로 생생하게 있는 것 같지만, 사실 이 모든 것은 다만 인연 따라 잠깐 생겨났다가 사라지는 허망한 것일 뿐이다. 진짜로 있는 것이 아니다. 물거품과 같고 꿈과 같다.

근원에서 보면 세상에는 아무 일도 없다. 텅 빈 공(空)! 세상에는 아무 일도 없는데, 아무것도 없는데, 우리 눈앞에서는 모든 일이 벌어진다. 끊임없이 눈앞에서 오간다. 말도 하고 생각도 하고 움직이고 온갖 일들이 벌어진다. 아무것도 없는데 모든 것을 다 한다. 아무것도 없는데 세상은 또 이렇게 있다.

아무것도 없는데, 이렇게 있는 것은 무엇일까? 아무것도 없는데, 이렇게 보고 듣고 생각하고 말하고 행동하는 '이것'은 무엇일까? 아무것도 없는 가운데 '이것' 하나만이 뚜렷하게 밝고 역력하다. '이것'은 무엇인가? 이뭣고?

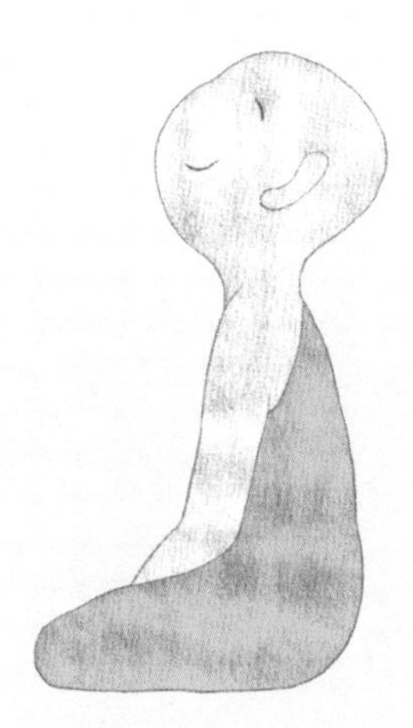

이 세상에는 아무 일도 없다. 아무것도 없다.
인연 따라 생기고 사라지지만 그것은 실재가 아니다.
아무것도 없지만 또 이렇게 보고 듣고 말하고 생각한다.
아무것도 없는 가운데 이렇게 뚜렷한 '이것'은 무엇인가?

이 세상에는 아무

* 눈부신 하루를 시작하는 나의 다짐 *

존재 이유

삶에 우연은 없다. 모든 것은 인과의 연극에 따라 그때, 그 장소에서, 그 일이 일어나게 되어 있다. 너무 아프고 괴로운 일일지라도 그것이 그 순간에 최선이기 때문에 일어나는 것이다. 지금 그 일이 일어나지 않았다면 다음에 더 큰 일로 우리를 괴롭힐 수도 있다. 우주는 늘 어머니의 품처럼 한없는 사랑과 자비로 우리를 돕고 있다. 다만 우리 스스로가 나쁜 일, 괴로운 일, 아픈 일이 되도록 만들 뿐이다.

사실 어떤 괴로운 일이 일어났다고 하더라도 그건 괴로운 일이 아니라 그저 한 사건일 뿐이다. 우주의 필요에 의한 진리의 사건이다. 모든 문제는 최악이 아닌 최선으로, 문제가 아닌 '문제의 해결 과정'으로써 찾아온다. 그러니 두려워하지 마라. 그 문제와 함께 깨닫고 성장해나가라.

모든 것은 서로 연관되어 일어난다.

외따로 떨어져 홀로 존재하는 것은 없다.

모든 것이 분명한 존재의 이유를 가지고 나타난다.

그것이 그 순간의 최선이기 때문이다.

모든 것은 서로

* 눈부신 하루를 시작하는 나의 다짐 *

외로움

사람들은 외롭고 고독한 감정을 피해 달아나려고 애쓴다. 그러나 외로움, 홀로 있음의 순간은 내면의 근원과 마주할 수 있는 시간이다. 누군가와 혹은 어떤 바쁜 일과 함께 있지 않고, 다만 나 자신이라는 존재와 비로소 정면으로 마주할 수 있는 순간이다.

사실 나라는 존재는 남들과 따로 떨어져 있는 것 같지만, 근원에서 우리는 저 영원에서 온 '하나'의 파편이다. 너와 나, 온 우주가 둘이 아닌 하나다. 외로움이 싫은 이유는 누군가에게 의지하고 싶기 때문이다.

그러나 근원에서 의지할 대상은 없다. 내가 곧 그이고, 그가 바로 나이기 때문이다. 본연의 나는 전혀 외롭지 않다. 의지할 대상을 필요로 하지 않는다. 그렇기에 외롭게 홀로 존재하는 자체가 근원의 본성에 한발 다가가는 통로를 열어준다. 홀로 있을 때 존재의 꽃이 피어난다.

때때로 외로이 떨어져 홀로 있으라.

우리는 저 영원에서 온 '하나'의 파편이다.

외로운 느낌은 '하나'라는 본래의 고향에서 온 감정이다.

의지함 없이 홀로 존재할 때 비로소 본래의 나를 발견한다.

때때로 외로이

* 눈부신 하루를 시작하는 나의 다짐 *

늘 있는 이것

우리는 늘 무언가를 하면서 시간을 보낸다. 아무것도 하지 않으면 왠지 세상에서 뒤처질 것만 같다. 그러나 우리가 애써 행하는 그 모든 것들은 생사법(生死法)이며 유위법(有爲法)일 뿐이다. 생사법이란 생겨나고 사라지는 허망한 것이고, 유위법은 조작해서 만들어낸 것이다.

참되고 진실한 모든 것은 애쓰고 노력하는 등 그 어떤 조작이나 행위를 통해 얻어지는 것이 아니다. 참된 진리는 언제나 존재해왔기 때문에 억지로 노력해서 얻을 필요가 없다. 그것은 만들어낸 것이 아니기에 무너지는 일도 없다. 노력해서 찾지 않아도 되는, 언제나 존재하는 '진실의 자리'가 있다. 그것이 법(法)이고 마음이며, 본래면목(本來面目)이다. 조작과 노력, 분별과 망상을 쉬고, 아무것도 하지 않는 무위(無爲)와 불생불멸(不生不滅) 속에서 '이것'은 드러난다.

아무것도 하지 않는 시간,

그저 텅 빈 고요한 시간을 가져라.

아무것도 하지 않을 때

사실 모든 것은 이미 '되어' 있다.

아무것도 하지 않는

* 눈부신 하루를 시작하는 나의 다짐 *

하루 일과

부처님의 하루 일과는 다음과 같다. 새벽에 일어나 선정과 열반의 지복을 누리고, 낮에는 마을로 내려가 도움이 필요한 이들에게 법을 설하고 탁발 공양을 한다. 공양 후에는 제자들에게 법을 설하고 수행을 점검해주신다. 오후에는 찾아온 재가불자들을 위해 법을 설하신다. 이후 늦은 오후에는 다시 스님들을 대상으로 자유롭게 공부 문답을 이어간다. 밤중에는 천상 신들에게 법을 설하신다.

마찬가지로 지혜로운 재가자도 새벽에 일어나 명상하고 수행을 하며 낮에는 깨어 있는 마음으로 맡은 바 일에 매진한다. 그리고 밤에는 부처님의 가르침이 담긴 경전을 읽거나 스님의 법문을 들으면서 자신의 공부를 점검한다. 이것이 바로 공부인의 하루 일과 수행이다.

지혜로운 이는 새벽에 명상하고 수행하며,
낮에는 깨어 있는 마음으로 맡은 바 일에 매진하며,
밤에는 지혜의 말씀과 경전을 통해 삶을 돌아본다.
이것이 부처님과 그 제자들의 하루 일과요, 삶이다.

지혜로운 이는

＊눈부신 하루를 시작하는 나의 다짐＊

귀의

불교 의식에서 가장 먼저 하는 것이 삼귀의(三歸依)다. 부처님과 부처님의 가르침, 스님들께 귀의하겠노라는 발원이다. 이것은 곧 나의 근원의 참모습과 그 본래 자리를 그리워하며 그 고향으로 되돌아가고자 하는 귀향과 회귀의 마음이다.

우리는 불(佛)·법(法)·승(僧)이라는 무한한 지혜와 근원의 보고인 본래 자리로 되돌아가는 존재들이다. 삶이란 바로 그 '되돌아감'이라는 귀의의 장이다. 그러면 되돌아가야 할 곳은 어디일까? 그곳은 지금 여기, 지금 이대로의 현실이다.

불국토나 진리의 세계가 따로 있는 것이 아니다. 색즉시공(色卽是空), 지금 여기의 현실이야말로 참된 진실이다. 우리는 단 한 번도 지금 여기라는 이 평범한 진리의 자리를 벗어나본 적이 없다. 온갖 추구를 버리고 지금 여기에 멈춰 서보라. 여기가 거기다.

우리 삶의 목적은 귀의에 있다.

삶이란 본래 왔던 곳으로 다시 돌아가는 회귀의 과정이다.

그러나 왔던 곳이 따로 있고,

가야 할 곳이 따로 있다고 여기지 마라.

처음 나온 곳도, 사는 과정도, 돌아갈 곳도 '지금 여기'일 뿐.

우리 삶의 목적은

* 눈부신 하루를 시작하는 나의 다짐 *

눈부신 하루를 시작하는
108 필사 명상

초판 1쇄 인쇄 2025년 1월 2일
초판 1쇄 발행 2025년 1월 10일

지은이 법상
그린이 용정운
발행인 원명

대표 남배현
본부장 모지희
편집 손소전 김옥자
디자인 정면
경영지원 허선아

펴낸곳 조계종출판사
주소 서울시 종로구 삼봉로 81 두산위브파빌리온 1308호
전화 02-720-6107
전송 02-733-6708
이메일 jogyebooks@naver.com
등록 2006년 12월 18일 (제2009-000166호)
구입문의 불교전문서점 향전(www.jbbook.co.kr) 02-2031-2070

ISBN 979-11-5580-247-2 03810

책값은 뒤표지에 있습니다.

조계종출판사의 수익금은 포교·교육 기금으로 활용됩니다.

조계종 출판사 지혜와 자비의 눈으로 세상을 바라봅니다.